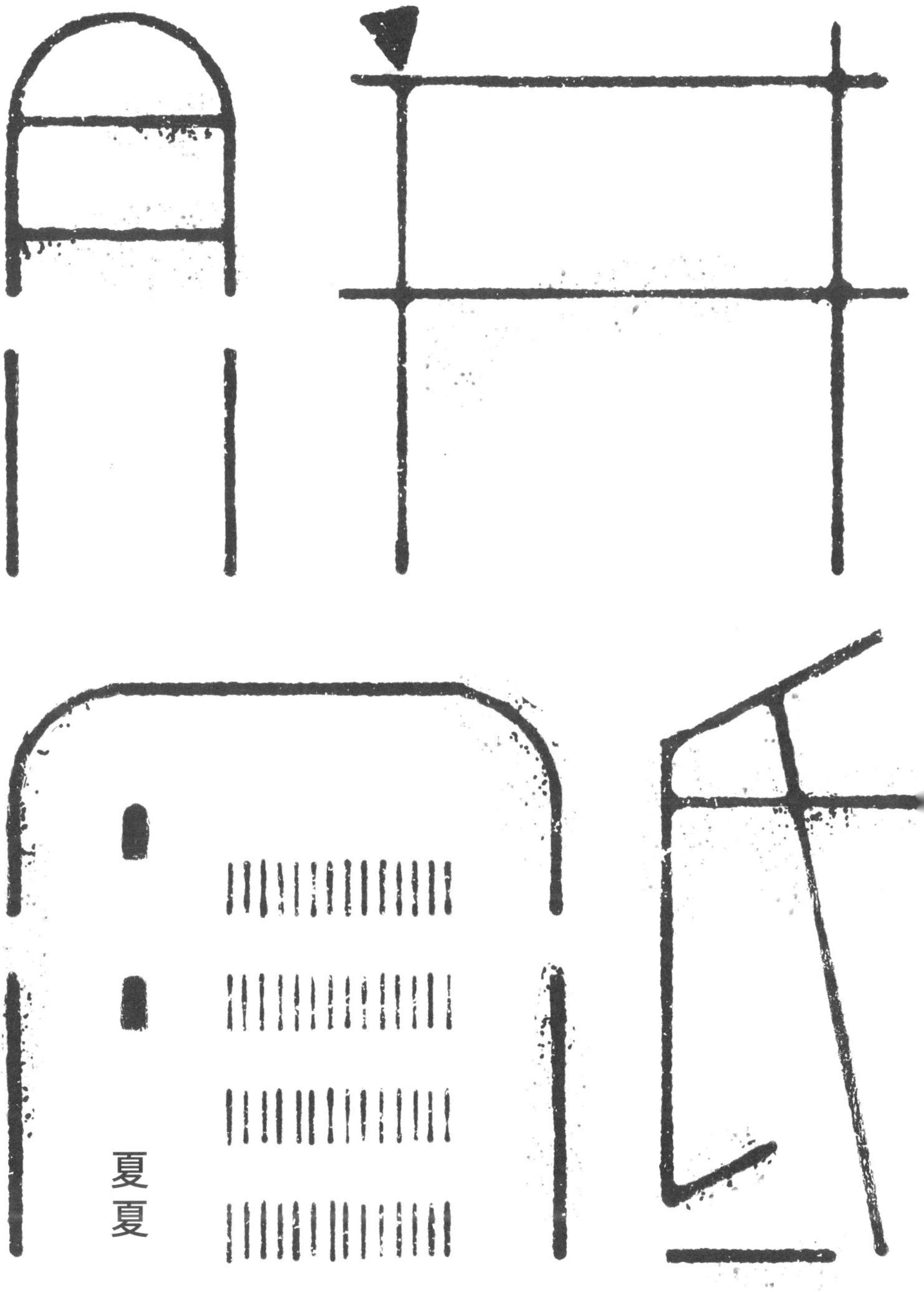
夏夏

I

秋蓮和陳3是在公園認識的，就在秋天，她清清楚楚記得，不可能是別的時候。夏天太熱蚊子多，冬天太冷，春天下雨，頭腦清醒的人才會喜歡在秋天時到公園裡坐著。包括秋蓮。

她就是如此平凡，從不落在平均值之外。舉凡身材、長相、資質皆屬平庸，走在路上不會被多看一眼，在團體中不會被盯上也不會被記住。秋蓮身上沒有特別的記憶點，像電影裡的臨時演員，背景似的活在光圈之外。

那時小敏才剛滿兩歲半。長輩都說這孩子是生來報恩的，嬰兒時期好吃好睡，除去幾次發燒讓秋蓮亂了陣腳與偶爾的小病小痛，各方面都是體貼人心的乖女兒。

不過為了照顧孩子，秋蓮育嬰假已經延長過一次，三天兩頭心裡就盤算著什麼時候可以回到職場贖回自己的人生。但事情不知道為什麼拖拖拉拉到現在。後來她乾脆想，等孩子抽到公立幼兒園再說。抽到了，接下來什麼都不用愁，直接往上升班，一路挺進小學。

在這段等待的日子，白天裡不想和公婆在家大眼瞪小眼，只要不下雨的天氣，秋蓮就把小敏綁上嬰兒車，一路推到公園來。孩子溜滑梯時，她在邊上的椅子發呆，不敢多看手機，深怕孩子摔了或跑了沒瞧見。

那樣的自己，不希望遇到熟人。

雖然從前說不上多會打扮，說好聽一點頂多是鄰家女孩那一型，清新簡單，但如今的她既沒打扮，穿得隨便，頭髮又塌得要命。

什麼時候開始變成這樣？

有時候望見趕著上班的行人，就算不是特別亮麗，至少乾乾淨淨。衣服是衣服，鞋子是鞋子，不是最新的，也不顯舊。那是一種象徵，代表某種堅持在捍衛著，一條界線在維持著。

先生逢週末回來，下高鐵到家後通常已過吃飯時間。婆婆會預先留一份晚餐給他，象徵性包著保鮮膜，膜上凝著水珠，可是味道終究在流失的溫度中沖淡了些。個性粗枝大葉的先生倒不在意這種小事，經常連塞好幾口不同味道的菜，混在嘴裡痛快嚼著。明年過生日就要滿四十歲，這年紀的男人面臨的身體變化，其中可以總結為兩個字來形容，禿和凸。秋蓮的先生也不例外，頭頂微禿和肚子微凸，簡直是整套搭配好的。

公婆晚飯後照例移到電視機前，多年來守護著相同的新聞頻道，因此也不太需要遙控器。不過那頻道的論調與她的認知相牴觸，她學習把耳朵關起來，假裝聽不見。先生在餐桌上，一面吃重新加熱過的晚餐，一面跟公婆有一搭沒一搭聊著，用最低限度維持談話。這情況下，秋蓮是沒機會跟先生多說上幾句的。

等先生洗完澡進房，秋蓮忙著哄孩子睡覺，有時不小心跟著睡著。半夜醒來，先生打呼的隆隆聲時大時小傳進耳裡。她爬起來把最後一盞燈捻熄，把一天翻過頁。

對此，她並無太多怨言。雖然平淡，只要心底還有對未來的想望，平淡中也能回甘。

秋蓮和先生幾次商量爭取職務調動，不過機會不大就是了。若先生能順利從外縣市調回來，他們就在公婆家附近再買間價格容易入手的老公寓搬出去住，順勢再生一胎。倘若調不回來，秋蓮乾脆辭掉現在的公司，帶孩子搬到先生那兒去，先租房子住幾年，找個新工作，等夫婦倆存夠錢再買房。

現在他們擠在公婆家的房間裡，牆上還掛著先生高中時迷戀過的明星海報。最近海報被小敏貼上佩佩豬和汪汪隊的貼紙。這些都是暫時的，不可能永遠這樣下去，秋蓮默默認定。

先生沒回來的晚上，秋蓮會在晚飯後讓小敏和先生視訊。這場對話的主角是孩子，主題也是孩子。如果夫妻間有什麼事情要說，多半透過簡訊，一來一往的都是事，其他就沒了。

簡訊雖方便，但真要談些要緊事情時就顯得不夠方便。話永遠隔著一層說不清楚，不夠真切亦不夠急切，尤其是關於調職和買房的事。所以這些事情長久以來僵持在那兒，既不遠也不近，你往前幾步，它就後退幾步，看得見卻搆不著。

不過至少看得見啊。

秋蓮結婚前工作得夠久，存了一筆錢，按時轉去定存。好幾次同事慫恿她拿去買基金，她打死都不肯冒點風險。才過半年，那些同事都賠了。秋蓮慶幸自己當時夠傻，寧可看著利息越來越低，但至少錢沒變少。她的一顆心就安在那上面，是人生座標的原點。

她打算如果下個月提買房的事情先生再推遲，她就狠下心來解定存當作頭期款，這樣先生就沒話說了。反正房子終歸要在她名下，因為大家都是這樣說的。房子能拴住先生，拴住一個家，而這把栓子得繫在做太太的身上。

沒有太太的家，還像家嗎？

就拿她家來說，爸爸幾年前病逝，媽媽總算熬過將近七年的長照生活。爸媽之間不是沒有感情，哪怕是恩情都累積得夠用上好幾輩子。可是卸下重擔的媽媽好似死裡逃生，一開始還有些病容，像是被爸爸身上的病氣給熏得臉色蠟黃。爸爸走後沒半年功夫，媽媽臉上的光采就回來了，連灰白的頭髮都變黑些。

爸爸雖然走了，但媽媽還在，餐桌上依然有飯有菜，子女的電話會響起，有媽媽的嘮叨從裡頭傳來。家還在，沒有散掉。

回娘家時，做女兒的可以理直氣壯把小孩塞給媽媽照顧。埋頭吃飯時，偶爾會聽見媽媽提起哥哥嫂嫂的事，親戚的走動也在媽媽的言談裡活靈活現，鄰里街坊的聯繫與風聲時有所聞。雖然沒見著那些人，但那些人好似都在身邊圍繞著一個家。

所以秋蓮就不信頭期款都有了，房子還買不下來，大不了厚著臉皮拜託公婆出手幫忙。小姑家前年買在新開發的區域，說是過幾年捷運通車，房價還會漲，她拿這一點跟公婆好說歹說將近半年。後來倆老耳根子軟，老本就割出來一些。大家都不知道公婆的本有多厚，沒人敢問，問了像要明著貪財，太丟臉了。況且要是公婆藉機喊窮，難道他們要每個月給孝親費嗎？小姑不肯，秋蓮更不肯，他們都有孩子要養，有未來要打算。

雖然房價年年都漲，但代表以後換房時還能再賺一筆。當然最好是能一次買到位，如果真沒辦法，將就著先買兩房也可以。等第二個孩子懷上，夫婦倆加把勁賺錢，就能換三房。一步一步來，一定可以的。就連她的這套想法都平庸得不偏不倚落在平均值內，默默寄望成為眾數之一。

所以現在在公婆家擠著，秋蓮心裡想這是緩衝期，為了存到更多錢。

公婆連水電費都不跟他們拿，用的吃的也順手替他們買，她只要把孩子顧好就好，家事幫著做。雖然有很多不方便，她都能忍。婆婆說話不中聽，常拿道聽塗說的歪理和習俗來壓她，那都不打緊。

好比說小敏跑步跌倒，婆婆就說起她太早讓孩子學走路，影響骨頭生長。可是哪個孩子沒跌倒過呢？還說小敏夜裡做夢哭喊，是名字取得不好的關係，甚至扯到去公園玩過頭的緣故。至於小敏頭形沒顧好，則怪罪嬰兒時期秋蓮沒注意孩子睡姿，恐怕將來影響面相。

秋蓮還知道她掃過的地，婆婆會趁她照顧孩子時偷偷再掃一次，摺好的衣服攤開來重摺一遍。洗菜也是，好像秋蓮洗的不算數，婆婆要親自洗過才算乾淨。她不知道被挑剔的細節是什麼，也不想問，便一直裝傻。也許秋蓮掃地真的不夠細心，角落還留了幾根頭髮沒掃到，又或者衣服摺線的稍稍偏移讓婆婆無法容忍。那些都無所謂。

諸如此類的無稽之談和小動作她都能忍，只要錢能存下來就好。

秋蓮曉得幸福是比較出來的，她讓自己得到短暫安慰的方式同樣平凡無奇。網路上有幾個討論區，婚姻版、育嬰版和買房版，她固定上去巡點，看看別人家怎麼過日子。那些惡鬼似的婆家或是討債鬼般的娘家，看了真教人捏把冷汗。天底下真有投錯胎這檔事。秋蓮每回想到快用完的育嬰假、工作到底何去何從、何時能搬離公婆家這類讓人心情鬱悶的事，就會上網看看那些文章，讓自己好過些。

有時她覺得自己的生活好像只剩下網路裡的世界，那些別人家裡難唸的經，她替人家唸得頭頭是道，幫著在貼文底下留言出氣出意見。而現實世界裡，除了咿咿呀呀的小敏外，就剩出了房門會見著的公婆和簡訊裡的先生。結婚前的朋友和生孩子前的同事現在大部分依靠訊息聯繫，能見上面的機會少之又少。

直到秋蓮遇見陳3，才像是發現這世界還有其他人存在。不用傳訊息，能面對面說話，而且說的是心裡真的想說的話，真好。

初遇陳3後又過一陣子，秋蓮打心底大大舒了一口氣，只是她自己沒察覺。

2

前一天剛來過一場早秋的颱風，雖然颱風假沒達標，至少一掃淤積整個夏天的悶熱，憐憫地留下幾絲涼風給溫室效應下快融化的人們。公園的滑梯、鞦韆終於不再讓孩子的屁股燙得哇哇叫。夏初才剛修剪的樹，一轉眼枝椏又長了。樹下那張秋蓮習慣坐的長椅披滿落葉，猶如添上一襲提前帶來秋意的薄衫。

秋蓮就是在這天遇到陳3。

她和小敏到公園時，陳3坐在那張長椅上吃著早餐店買的三明治和飲料。再過半小時賣中飯的餐館就要開店，這時間點吃的到底是哪一餐真讓人搞不懂。秋蓮心想，大概是無業人士才會在這裡吃早餐。可是陳3偏偏穿得像個標準上班族——POLO衫配半正式的休閒褲，腳上是土氣的黑色皮鞋，跟時尚沾不上半點邊兒。

她本來猶豫著要不要過去坐下，東張西望好一陣。結果眼下其他的椅子都被前一夜豐沛的雨量淋得溼漉漉，有些還積了一窪水，只剩那張椅子勉強能坐。陳3安靜且規律地咬著三明治，不一會兒就吃個精光。本以為他會起身離開，沒想到卻拿出手機，一邊喝飲料一邊看了起來。秋蓮只好硬著頭皮推著嬰兒車過去在長椅的另一端坐下，理直氣壯替小敏噴起防蚊液。

往後連續幾天，陳3都坐在那張椅子上吃著不早不晚的一餐，而且千篇一律是火腿三明治夾半顆荷包蛋和切絲小黃瓜，早餐店的基本款。吃完後接著滑手機喝飲料，過一會兒才離開。秋蓮隔著座椅中間刻意留下的空白地帶都能聞到蛋黃醬配火腿的那股味道，好奇猜想這個愛吃三明治的人假日是不是也會出現在這裡，吃著秋蓮再熟悉不過的三明治。那是她還沒結婚前，每天早上去公司的路上順道在轉角買的早餐。那也是因為懶得去想要吃什麼，乾脆選擇每天必定會陳列在煎臺前，不用等也不用選，一種安全卻貧乏的味道。

放假日秋蓮沒帶孩子過來，因為先生回來，他們會帶孩子到遠一點的公園或是附近的百貨公司走走。

不過放完假，先生回去上班，週一早上秋蓮帶孩子過來時，陳3也在。從頭一次遇到後，陳3彷彿從天而降般憑空出現，用頑強的意志在固定時間吃著同樣的早餐，讓人幾乎忘記不久前他還未曾出沒在這裡。

不過直到兩個禮拜後他們才第一次互動。

那天秋蓮心不在焉，一直想著手機裡的那封信。而陳3的手機傳來誇張的音效和音樂，秋蓮沒注意到小敏回來討水喝，陳3的手機聲把小敏吸引過去，杵在那兒跟著看。等秋蓮發現時趕緊把小敏拉回來，陳3說看一下沒關係，影片接連好幾個都是動物的搞笑短片。

「妳喜歡貓咪嗎？」陳3問小敏。

小敏點點頭。

不過小孩耐性有限，過一會兒小敏就被遊戲場上的同伴呼喚，邁開小腳前去加入，陳3和秋蓮繼續拿起手機各看各的。秋蓮忍不住又點開那封信，一封她沒想過會寄來的信，另一方面又覺得是一封虧欠她太久的遲來的信。

虧欠，在她心裡浮現的是這個詞。伴隨著連自己都沒發現過壓抑在心底的委屈。

信不長，只是時間被延展得太過久遠，每行字都像一道年輪，圈圍出長長的十幾年光陰。

早晨，第一次點開收件匣時，秋蓮看到一排廣告信件中夾著那個帳號，幾個英文字母組合成她曾經再熟悉不過、後來又被她刻意從腦海中刨除的名字，當下還真以為自己看錯。點開後，她很快把信件內容瀏覽一遍，吃驚、驚慌與竊喜堵在喉嚨口。

秋蓮咕咚硬生生吞下，若無其事繼續幫小敏穿鞋，走在路上時滿腦子都想著信裡的話和最後的署名。路上小敏把鞋子踢掉了，她甚至沒注意到，是彩券行老闆喊她回頭撿的。

如果可以，她真想立刻給Amy打電話。

Amy這個名字是她們國中上英文課時亂取的，雖然叫起來有點俗氣，但是用慣了，就像本來的名字一樣也懶得改。Amy比秋蓮早結婚，婚後兩三年肚皮都沒有動靜，夫婦倆有好長一段時期每個月跑不孕門診，挨了不少針，吃過各種氣味難聞的中藥，調理半天還是沒有結果。夫妻兩人預備做退休金的薪水都倒入這無底坑裡，感情也在無形中耗損不少。

後來Amy死了這條心。

Amy在念書時就是大姐型的人物，說話爽快、處世俐落。放棄求子後，她一古腦兒栽進工作裡，老闆全看在眼裡，特別喜歡這種無後顧之憂的員工。很快地，Amy升上部門主管，上班時間越來越少接朋友的電話，訊息往往到夜裡才回，有時候還晚兩三天才會回覆。

秋蓮滑掉Amy的通訊頁面，上下滑動通訊錄。她一時間還真想不起來還能找誰說，又咕咚吞了一次，把快要從心底湧出來的吶喊硬是壓下。

這次秋蓮把信一字一句看仔細了。她看了一遍又一遍，突然間升起一股驚慌，害怕再看下去，那股從心底冒出如泉湧的情緒會消散，或者信裡的意思會失去本該有的味道。甚至信會消失。

這封信真的讓她等太久，太得來不易。

她把手機往隨身包裡最深的暗袋塞進去，抬起頭來時正巧看到陳3走進公園旁邊的戶政事務所，一陣恍然大悟把她從跌倒的思緒中扶起來，目光重新落到小敏身上。

小敏正撿拾地上的葉子玩著。巴掌大的葉子來不及等到枯黃，全被風雨無情打落，成了孩子遊戲時假想的錢。小敏抓一把葉子鈔票走來，假裝向秋蓮買點心。小手接過看不見的草莓餅乾，再把溼透的葉子塞進她手裡。

秋蓮看著手心的溼，想到十多年前那場灑狗血的鬧劇也是這樣的天氣，把雙臂裹在一股涼意裡，背後卻熱得冒汗。其實那天本不會演變成滿是陳腔濫調的分手場面，實在是她控制不住自己，說出很多自己也知道沒用的話，只想要讓身旁的人多留一分鐘。就算永遠停留在如此難堪的分手這一刻也沒關係，只要他不要走掉就好。所以她發瘋似地把話掏出來，什麼話都說，拚命把對話延長，一句還沒講完就趕著想下一句。就怕話一停，身旁那雙不耐煩的腳會毫不留情邁步離去。

後來蚊子實在太多，都怪那些該死的蚊子輪番叮咬她的腿和手臂，害她哭也不能專心哭，心碎也不能專心心碎。人只要一癢，狼狽相就遮掩不住，其他的七情六欲都抵不上癢的威力，把人打回幾萬年前的猿猴原形撓抓著。

所以後來阿一說，「走了吧，蚊子很多。」秋蓮也沒話好反駁。

如果那一天約在百貨公司或咖啡店見面，結局是不是會不同？沒有蚊子攪局，他們可以好好談、慢慢講，說不定能理出個頭緒，讓兩人的感情又重新綁在一起，長長地拉著走下去。

可是一方面秋蓮心底明白，分手是遲早的。太多明擺著的徵兆讓這份情感搖搖欲墜，而她心裡的不安與閃躲更是騙不了自己。

事實上她在等著這一天發生，如同被綁縛的人，需要有人幫忙把死結解開。

最後一次見面後，秋蓮手上和腳上被蚊子叮的包過三個多禮拜才全消。本來就容易留下疤痕的皮膚上，那些深褐色的叮咬痕跡又過一年才漸漸被冬去秋來的其他痕跡覆蓋。

現在，阿一突然寫信來。

秋蓮把手伸進隨身包的暗袋，觸摸到形狀堅硬且不容置疑的手機，緊緊握著。她需要牢牢抓住一個東西，但因為信件沒有實體，所以只好握著裝載著信件的手機。

其實信也不全然是裝在手機裡，用平板、電腦也行。但只有手機是完全屬於她的，所以她握著。

這時候陳3又從戶政事務所那道自動門裡現身，步下階梯，直直走來。

秋蓮呆望著陳3，腦袋陷在昔日的思緒與眼前的現實之間，身體不由自主向前傾，像是要迎接陳3並且對他說些什麼。陳3遂停在面前等著她開口。就這樣過幾秒，見秋蓮遲遲沒有下一步，陳3才點點頭說，「垃圾忘了拿。」然後微微傾身拿走椅子上的早餐垃圾，又點點頭，轉身走回那扇門內。

陳3這次穿上戶政事務所的服務背心，顏色和樣式都是標準的公部門派頭，相當老氣。不過也因此掩飾了他細瘦的身軀與不時流露出的猶豫神情，看來多幾分可靠。後來秋蓮才體會到那像是一層保護色，讓他和所裡其他的承辦人員幾無分別，得以守護真正重要的東西。

3

印象中，秋蓮的電子信箱換過三四個。

她不懂財團的併購與商業策略，也自認為沒有什麼具有價值的個資，常常跟著流行辦了這個會員加購了那個功能，不知不覺有好幾組帳號與越來越記不住的密碼。這些都是二十多歲時申請的。有些後來慢慢停用，被新的取代。至於曾經費心經營的網誌、一時流行過的相簿早已閒置多年，連帳號都想不起來。

唯有這個電子信箱一用就是十多年。

這十多年來她一共搬過四次家。

一次是學校畢業後，住在跟同學合租的頂樓舊公寓。她最恨爬那座又髒又臭的樓梯，終年散發霉味和陰森的蜘蛛網，還有颱風來時天臺年久失修的防水層讓天花板滲出一層水漬。不過由於地點跟要好的學姐住得近，放假經常往對方家裡跑，彼此有個照應，才一直捨不得搬。直到學姐搬去跟男友住，而秋蓮的房東拿到都更補助，老屋即將拆除，才趁著年假時找到新房子搬走。

有一次是分租套房。虧這個從國外回來的房東想得出這種格局，幾坪不到的房間可以彎彎繞繞，廁所中間還有柱子，櫃子和床永遠都沒辦法靠牆擺得剛剛好。秋蓮在房裡走動時容易撞到櫃子的邊邊角角，腳上老帶著傷口。不過好處是地點在市中心，搭車可以少坐幾站。

再一次是電梯華廈，鄰居的狗常常在電梯裡撒尿，長期下來味道根本散不掉，整天悶在那座封閉空間裡。因此秋蓮乾脆走樓梯，反正只住四樓，而且房間就在樓梯口。只是半夜常常聽到其他住戶上下樓的噪音，有時候聲響大一點，那一夜就沒辦法睡得安寧，門外的人彷彿隨時都能闖進來。面向馬路的小陽臺倒是加分，不但可以擺洗衣機，站在特定的角度還可以遙望鄰近的公園，沾點綠意。

最後一次搬家，就是結婚後搬到公婆家來。

這裡號稱離捷運站近，其實還要走上一段，但又不夠遠到值得轉一趟公車。離菜市場、便當店、藥局和便利商店也是，說近不近，說遠不遠。要說生活機能，不能說沒有，只是都在略顯尷尬的距離外。連公園也是。

秋蓮對公園的距離倒沒怨言，因為這段路程恰好能讓她有出來透透氣的感覺，不用提防公婆下樓轉個彎就會遇上。至於公公練氣功的公園在另外一個方向，不會走到這裡來。

秋蓮的第四次搬家，不像搬家，像拋家。她把整個家的東西都拋下，能扔的全扔了，因為要搬進的是比之前所住過的房子都更小的空間。

在那個空間裡，有先生從小到大原有的裝潢、物品、擺設，包括國小抽獎得到的雪人撲滿、運動會的獎牌，以及連他自己都不記得從哪裡來的雜物。先生清掉半個衣櫃、兩個抽屜、一層書架的物品，讓秋蓮擺進帶來的東西。

而秋蓮丟掉的幾乎是全部的家當。她最喜愛的小矮桌、在二手市集買的木雕擺設、朋友送的生日禮物首飾盒、坐起來高度剛剛好的椅子。媽媽買給她的大同電鍋和碗盤杯筷則提回去娘家，其中包括她排隊好久才買到的限量馬克杯，有多少個冬天泡熱飲時習慣握在手心。

至於和好姐妹趁百貨公司週年慶買的好多雙帶蝴蝶結、帶金扣、帶壓印花紋的漂亮鞋子，全都送給和她的腳尺寸一樣的喬。雖然喬的裝扮風格比較休閒隨興，穿的機會大概不多。倘若她執意把這些美麗的鞋子都帶去新的住處，大概得再買一個鞋櫃，不過婆家的玄關可沒這麼大的位置。

丟棄帶在身邊相伴十多年的物品難免讓人感傷，但對於新婚生活的期待大過於無奈與留戀的心情，秋蓮也就無暇顧及零星感傷所發出的警訊。

要到新婚生活穩定下來，回覆完最後一封祝賀的簡訊，先生結束婚假，離家返回工作崗位，剩下秋蓮在那間陌生的房子裡，赫然發現沒有多少屬於自己的東西讓她倚靠，提供哪怕是無謂的慰藉，或者僅僅是一個觸感與味道熟悉的抱枕可以擁抱時，丟棄的遺憾才回過頭來反咬她一口。

不過再回想起那些鞋子時，她明白當初沒帶過來是對的，因為現在根本穿不下那些鞋。生完孩子後，她的腳變大一個尺寸，從前的鞋全都穿不下。而且現在她只買平底鞋，鞋底要加點厚度才能保護常走路的雙腳，好穿好脫更是要點。

如今帶孩子所要走的路加起來，一天能抵過從前一個禮拜的步數。推著嬰兒車去哪裡都得用走的，甚至常常要繞路才能避開路障、違停機車，才能找到電梯或是無障礙坡道，才能遇上嬰兒車進得去的商店。

跟公婆同住，買東西也節制許多，不好意思三天兩頭提著新衣服回家，好像自己攢了多少私房錢沒拿出來家用，況且貴的衣服又怕被洗衣機三兩下洗到變形。雖然家裡的衣服都是她在洗，但如果只挑自己的衣服出來手洗，又有點說不過去，所以穿來穿去都是那幾套。

等回去上班後再來好好買幾件新衣服吧，她想。上班不能再穿得隨便，到時候總可以光明正大地買了。

婆婆倒是替孫女買衣服買得很勤，冬天才過一半就忍不住買夏天的，夏天剛結束就買起年底的冬裝。婆婆總是說，「擺著要穿隨時有，小孩大得很快。」夫妻倆的小房間很快就塞滿小孩的衣服，衣櫃和抽屜越來越不夠用，秋蓮就更不敢給自己買東西。

除了替小敏買衣服，婆婆各方面都勤快，當然也保有節儉的美德，事事抱持能省一定要省，能佔到便宜絕不吃虧的原則。從早上起床後就快手快腳做著各種家務，一刻都閒不下來。不過矛盾的是，婆婆每次上街回來肯定是兩手大包小包，每樣東西都要多買幾件才安心，從不空手而歸。大概是習性使然，婆婆身上留不住半點脂肪，身材精瘦，加上講話快得像機關槍，經常讓秋蓮有些吃不消。

有幾次她想把先生的舊物整理出來回收，但婆婆不喜歡丟東西，嘮叨著都是能用的多浪費，所以即使是先生早就發胖穿不下的襯衫和大學時營隊的T-shirts都還留著。國小的畢業紀念冊同樣不能丟，就算那些臉孔早已在記憶中流逝，還是囤在他們小小的房間裡。

或許是因為對居住的空間使不上力，就算看到冰箱裡堆滿沒人吃的食物卻不能大肆清掃一番，撕下來的日曆紙也不能隨便丟掉，秋蓮轉而整理自己的空間——隨身攜帶的手機。

手機裡拍壞的、重複拍的照片，刪除。

廣告訊息，刪除。

過期的資料，刪除。

不會再聯繫的號碼，刪除。

垃圾郵件與完成的信件，刪除。

像定期打掃房間，秋蓮定期整理手機空間。

而這樣乾乾淨淨的手機裡來了一封信，App縮圖上面顯示數字1，代表一封未讀郵件，紅色字體特別醒目。

秋蓮這才發現原來這個電子信箱用了十幾年。其他幾個已經停用好久，唯獨這個帳號後來還綁定其他幾家會員的功能，所以一直沒換掉。

曾經搬過四次家，前面三個地址早忘了，現在要回去找說不定還會走錯路，只有電子信箱沒變。不知道這城市裡還有多少人和她一樣，隨著工作在城市裡漂來漂去，隨著房租與薪水的漲跌搬來搬去，也有人是隨著感情的合與散挪來換去，收件地址改過好幾回。

住在這些臨時的住所，偶爾會在信箱裡收到他人的信件，一封會員生日卡、折價券、廣告信或賣場DM，反正不會是什麼重要的信。因為住在這裡的人都知道這個地址是臨時的，真正重要的信不會往這裡寄，而是寄往更重要的地址，一個不會輕易更換的地址。

至於二十幾歲隨手申請的電子信箱本來以為是最不要緊的，反正密碼忘了再重新申請一個便是，哪天有更大的新公司上市，再登記一個新的也不要緊。申請的表格裡需要地址就填地址，需要電話號碼就填電話號碼，需要生日就填生日，這些資料都像不值錢似的給出去。

不只是地址後來有所變更，連手機號碼都換過。那時是要替剛找到工作的表弟衝業績，所以換掉門號，舊的通訊錄覆蓋到新的手機裡，也沒仔細去想會有什麼改變。誰知道十幾年過去，最後沒變的只有這個電子信箱。

過去的人可以循著這條虛擬的路徑回來，沒有所謂的遠與近，只要鍵入幾個符號，就能把夢也似的過去走成一條真實的路。

於是，阿一就這樣走回來了。

4

跟阿一是怎麼知道對方的，秋蓮一點都想不起來。大學交往的男友與畢業後短暫曖昧的對象相處的細節反而印象鮮明。

只記得在認識之前，阿一和她曾透過朋友的朋友聽說過彼此。所以等真見到面的那天並不覺得陌生，反而有種在心底落實幻想的感覺。

秋蓮從來沒去求證過阿一是如何想像她的，不過阿一就是秋蓮想的那樣子。穿著寬鬆的素色T-shirts和牛仔褲，腳踩帆布鞋，鞋跟沒套上去，看上去是習慣踩在腳底當拖鞋穿。阿一的眼睛細又小，但笑的時候卻很明顯，因為後來他就不常笑了，所以秋蓮格外想念剛認識時他經常笑的樣子。就算那是社交性的微笑，並不保證含有任何情感的成分。

由於全身鬆垮垮的模樣，頭髮長度恰巧在該理髮之前，卻不至於蓋到臉面，阿一整個人如同夏季勃發的青草般自在。講話講到興奮時，阿一會握著拳頭學麵包超人起飛的樣子，讓人很容易感到信任。麵包超人的部分是後來她陪小敏看卡通時才發現的。

那時候秋蓮只覺得阿一的手跟修長的身形比起來顯得有點短，挺可愛的。而且這雙略短的手會彈吉他。秋蓮曾在阿一房間看到吉他，看過他彈吉他的照片。但直到分手前，她都沒見過阿一拿起書架旁那把蒙上厚重灰塵的吉他彈奏。

至於那所代表的意義，秋蓮是在過很久以後才無意間想通的。

秋蓮那陣子剛搬到廁所中間有柱子的套房，夜裡還睡不慣，加上同時換新工作，一切剛上手，所以假日特別愛找過去的朋友，去習慣的咖啡店，讓緊繃的神經放鬆下來。阿一恰好在那天出現。

因為店裡座位都已經安排給兩人以上的客人入座，秋蓮和阿一這種單獨來的客人只好坐吧檯。

坐下來不一會兒，秋蓮注意到阿一似乎跟另一位店員是朋友，點完餐以後還跟做飲料的莉莉聊起來。

秋蓮和莉莉本來就認識，有時候客人少，莉莉偶爾會把秋蓮拉進廚房裡，邊做餐點邊聊天。有些做菜的訣竅秋蓮還是跟莉莉學的，像是如何把排骨湯煮得肉夠嫩，以及用優格替雞腿按摩口感會更好。後來還被婆婆稱讚過這幾樣手藝。

有一年秋蓮生日那天到店裡，莉莉一知道，立刻把雙手在廚房圍裙上抹一抹，從剛出爐的蛋糕上直接切下一塊，插上蠟燭，遞到她面前。莉莉的個性就和她的長相一樣，甜美，卻不至於過膩。

那天店裡生意特別好，連續假日的人群幾乎把商圈的各個店家都擠滿，加上節慶的氣氛正熱烈，捷運站不斷吞吐更多人潮，莉莉和其他店員都忙得不可開交。簡單介紹秋蓮和阿一互相認識後，莉莉便轉身進廚房調沙拉醬了。

記得是阿一先提議到外面透透氣。

他們把隨身物品擱在座位上，一前一後走到外面。店門口對面剛好是一座小公園。樹下的花臺沾上好幾坨鳥屎，他們只好並肩站在樹下，彷彿在等待什麼具有啟示的宣告降臨。

那個禮拜秋蓮剛剪短髮，不怎麼適應，說話時忍不住伸手想摸一摸從前還在的長髮。阿一則是剛戒菸，雖然沒菸抽，還是習慣時不時站到外頭，露出在抽菸的神情望著遠方，有一搭沒一搭和人聊天。

其中，他們聊了電影。說來心虛，那年夏天喬到影展打工，秋蓮得到很多免費電影票。她從厚厚的影展手冊裡隨便挑幾張劇照比較像「看得懂」的電影，傻乎乎跟著排隊進去看。有幾部，她簡直睡死了，所以不好意思批評到底好不好看，反正她又不懂。但有一部，她哭掉整整一包面紙。其貌不揚的男主角在愛情的戰場上屢戰屢敗卻還是執意追求，那些自嘲的臺詞怎麼會讓人有股椎心的刺痛，明明應該是很好笑的啊。

她沒告訴阿一自己看那部電影時哭了，反而是阿一激動地說著電影裡的細節，哪一幕讓他感動到快哭了。秋蓮知道，男生說「快哭了」，就是真的哭了的意思，礙於面子不好意思直接說。她看著阿一舉起麵包超人的短手對著夕陽揮舞，一邊甩一甩落在額頭上的瀏海，一邊談論電影的最後一幕，突然心生好感，隨即又覺得自己有點太過隨便動情。

她很想繼續跟這個人聊下去，除了電影，還有其他，想多了解眼前這個有著開朗笑容的人。而且不知哪來的信心，秋蓮相信那雙細小的眼睛裡面可以挖掘出更多光芒。

「妳的腿上被蚊子咬好多包耶。」阿一突然指著秋蓮短褲下露出來的雙腿。都是蚊子害的。

他們的關係從開始到結束，都有蚊子從中作祟。

秋蓮天生容易被咬，每次一被咬就會癢很久，腫起來的地方形成硬硬的一塊，顏色越來越黑。有時候抓到流血，等到傷口已經結痂，還是會繼續癢。因為這種「捕蚊燈」的體質，她很少參加戶外活動，舉凡爬山踏青都婉拒，萬不得已的話就把全身包得密不通風，活像是採蜂人，減少被惡蚊叮咬的機會。

可是炎熱的天氣下，年輕女孩的衣櫃裡都少不得短褲。秋蓮那天也是篤定這趟外出大多會待在室內，頂多走出捷運站移動到下一個室內地點會暫時暴露在戶外，所以才毫不猶豫穿上短褲出門。她萬萬沒想到會站在傍晚的戶外聊天。天空乾淨得像剛擦過的玻璃，一切如此之好，可是兩條腿癢得要命卻又不敢抓，結果還是被發現。

秋蓮當下只想得到裝傻這一招，假裝不知道被咬：「有嗎？」不過阿一隨即開口說趕快進去吧，接著大步走回店裡。

接下來該說是幸運，還是不幸呢？

滿腿包的秋蓮覺得自己又蠢又尷尬，可是阿一卻完全不在意，離開前自然地拿出手機互加好友。

當天晚上，秋蓮洗完澡正在擦蚊蟲藥膏時，阿一敲訊息過來，一切自然得彷彿相識已久。秋蓮能透過螢幕上的文字看到阿一的笑容。也可能那只是她的笑容。她把指尖剩餘的藥膏抹在睡衣上，飛快在鍵盤上打起字來。

搬到這個新家以來，秋蓮第一次覺得廁所中央的柱子沒這麼礙眼，頂天立地在那兒有種可靠的感覺。在訊息裡跟阿一說到柱子的事情，兩人聊得可起勁了。

那一天，秋蓮終於決定好家具安排的位置。

床鋪靠牆擺放後，剩下狹窄的三角形邊角剛好擠進一張圓凳子，把電腦擺在上面，方便趴在床上繼續傳訊息。雖然椅子和角落的形狀不一樣，但還算穩當。而秋蓮心上失落的一角也補齊了。

她一邊跟阿一聊天，一邊傳訊息給那時剛開始做直銷的Amy，報告最新進度。Amy乘機推銷沖泡式的營養粉外加保溼面膜，說是保養一下，下次約會可以給對方好印象。要不是剛搬家兼換新工作，口袋有點空，秋蓮差點就要上鉤了。Amy特別有偏財運，做什麼工作都能賺大錢，大概就是因為這份見縫插針的機靈吧。

他們的故事從那一天展開。滿足的喜悅使秋蓮忽略圓凳在周圍製造出難以彌補的死角。

為了和阿一聊天，秋蓮撐到很晚才離線，隔天早上鬧鐘響的時候真的很想死，超想繼續睡下去。而往後跟阿一在一起的每一天，秋蓮幾乎都沒睡飽過，甚至沒吃飽。

十幾年後的現在，想起當時的飢腸轆轆仍記憶猶新。腹中空蕩蕩的咕嚕響聲猶如在回憶中攪拌出巨大而難堪的回音，迴蕩再迴蕩，不知如何止息。

5

這次又怎麼了？

一大早，婆婆怒氣沖沖掛掉牆上的對講機就開始唸個不停。

懷小敏的時候，多年來住在樓下無聲無息的鄰居首度宣告她的存在，而宣告的方式則是向管委會對公婆家提出申訴。鄰居宣稱，樓上室外機排出的水滴到她家的室外機上造成噪音。

不過舉目望去，整棟大樓、整排社區、整座城市的室外機都掛在窗外，所以才名之為室外機嘛。既然在室外，理當遭逢風吹雨淋，颱風或梅雨季節更是三天兩頭就飄雨，這是作為室外機的宿命。怎麼被樓上室外機的幾滴水滴到就不行呢？

偏偏就是不行。

樓下鄰居可堅持了，說滴到她家的不行。理由是滴水聲干擾睡眠。那就怪了，室外機掛在後陽臺窗外，離房間還有道走廊寬的距離。況且住在人口紛雜的市區，假使連這點兒聲響都會妨礙睡眠，那大概沒一天睡得好覺。

管委會對於要傳達這則離奇申訴語氣中透露些許歉意，戴著厚重眼鏡的主任好聲好氣叮嚀公婆趕緊處理。隔天下起雨來，一下就是一週，公公賭氣說，「吵死她！看她能不能分得出哪一滴是咱家滴下去的。」平常沒事時，公公脾氣溫和，與人為善是他處世準則。不過這樣的人生起氣來更可怕，毫無預警就氣炸，而且難以平息。

樓下鄰居倒頗有毅力，隔兩個月再次申訴。

那時候秋蓮懷孕中期，剛做完羊膜穿刺，還在等檢驗報告。婆婆說找人來家裡修東西不吉利，會動胎氣，所以推遲著不處理。混著混著又過三個月，秋蓮和先生拎著行李去生孩子。生產時，秋蓮吃了傳說中的全餐，先是自然產生不出來，緊急改成剖腹產，全身痛得昏天暗地。住院五天後，又在月子中心住三個禮拜，早忘了這回事。

後來秋蓮忙著替剛滿月的小敏換尿布時，婆婆才沒好氣在一旁說起之前找原廠師傅來看過冷氣。「師傅說沒壞，滴水是機體正常現象。」他們照這個說法回覆管委會，管委會再次轉達給樓下鄰居，結果樓下那瘋婆子居然把手機朝上方錄下滴水畫面。幾分鐘才一滴，她足足拍三十分鐘取證。這下管委會沒辦法等閒視之，催著婆婆快快修理，人家要報警提告了。厚重的眼鏡把管委會主任的眼睛放大不少，話語中的急迫性跟著加重許多。

「沒壞是要修什麼修啦！」公公站在陽臺，光著上身，朝下吼了一聲。秋蓮撇過頭去，以免正視公公光溜溜的上身，如同剝光樹皮經年日晒的老木頭，加上兩顆黑不溜丟的奶頭，讓人看了怪不舒服。

「喊給誰聽啦，白天都去上班了。」婆婆在旁邊說，「衣服穿上啦，嘖！」

秋蓮遇過「瘋婆子」，在電梯裡。

瘋婆子看起來好得很，一點都不瘋。她穿著深色套裝，綁著高馬尾，髮間有幾絲銀白，不過面容仍是光采的，肩背上班族必備的大容量托特包，皮革光亮，走進電梯後不停確認手機訊息。快到一樓前，瘋婆子對著鏡子再次把幾根凌亂的髮絲塞進耳後，電梯門一開便快步踏出去。她絲毫沒有轉頭看秋蓮一眼，也沒有理會嬰兒車裡嗚嗚叫著的小敏，旁若無人進出電梯。被無視的秋蓮因此能從容觀察她，並不由得心生羨慕。特別是她腳上那雙ＯＬ基本款的尖頭低跟鞋走路時喀喀作響，會敲醒人內心的自信。那聲音已經許久沒在秋蓮心裡響起。

秋蓮估算著小敏明年中再去抽一次公共托嬰中心，如果幸運抽中，或是在這之前候補上，她就能回到職場。每天早晨喀喀喀走著路，肩上背著文件，追著時間去搭捷運，趕著加入上班的那列生產線裡。但如果小敏沒抽中公托，她得繼續請育嬰假，或是報名私立的托嬰中心。私托相當會巧立名目，每個月有基本的學費，另外有教材費、餐點費、書籍費等，期初則有巨額註冊費，平均下來相當於秋蓮一個月的薪水。這樣一來，離買房子的夢想又要延遲好幾步。

之前在公園遇到浩志的馬麻，她說小孩兩歲以後抽中公幼的機會跟中樂透一樣難，是育兒圈的頭獎。她還說浩志的雙語私幼今年突然轉成準公幼，學費降了好多，真是賺到了。

所以還是可以賭一把的。現在越來越多私幼轉型成準公幼，而且補助逐年增加。

別人家可以，他們家一定也行。

浩志馬麻隨即又補充說，千萬不要把小孩丟給公婆帶，不然學習起步太慢。老人家會的，跟現在幼教老師教的差太多了。老師的教法都是國外那一套，講求啟發和創意，以孩子為學習主體才能提早發展個人特質。如果只是成天在家跟著大人亂看電視逛菜市場，是什麼都學不到的。況且就算學費跟薪水一樣，進帳和支出打平，至少她賺到自己的時間與人生，這是無價的。秋蓮半信半疑聽著，默默心想為什麼浩志馬麻說得頭頭是道，自己反而選擇當全職媽媽？

樓下鄰居走出社區大門後，她慢慢推著嬰兒車在後面左思右想，就算要工作到滿頭白髮也沒關係，只要不要整天待在家裡就好。雖然家裡事情多，但真的快無聊死了。聽起來很矛盾，但事實就是如此。整天面對無止盡的家務和公婆時時刻刻的關懷，雖然閒下來的時間沒多少，卻覺得好像什麼都沒做就過完每一天。

特別是公婆的關懷，讓人壓力更大。「老人家沒事做，整天都把焦點放在年輕人身上。」網路上其他媽媽也這樣抱怨。

她不是不愛小敏，看著女兒笑的時候，她懂得為什麼會有人說那像是全世界都在發光。秋蓮的人生第一次有這種感覺，抱著一團光，向著一團光，而且這光芒只對著自己燦爛，無須代價，也無法被收買。手機相簿點開每張都是小敏，小敏爬上攀爬架、第一次吃烏龍麵、成功堆高積木、玩水時全身溼透的神情……。如果說小敏是她的全部，這句話一點都不誇張，小敏現在真的就是她的全部了。但她還是想要擁有一點點就好，一點點當媽媽以外的自己。

秋蓮只在電梯遇過樓下鄰居，而且都是早上，越早出門越常遇到。不過從沒在傍晚遇過她。不知道她幾點下班，還有哪些家人？

因為被投訴太多次，婆婆遇到社區負責清潔的包打聽大姐故作隨意聊到，問起他們家。聽說瘋婆子和先生都在科技公司上班，滿高層的。「有一個兒子，應該上高中了。夫妻倆一天到晚出差，所以不常在家。」婆婆一副掌握機密資料的神祕表情，喜孜孜回來分享這些情報。

既然不常在家，怎麼會這麼在意室外機滴水的事？「一定是太神經質，睡不好，才會注意到吧。」婆婆說。

「睡不好就去看醫生啊。」公公的聲調不自覺拉高。

「你不要又去陽臺喊，看醫生這種事情不能亂講，小心到時候真的被告。」婆婆趕緊把公公拉回電視機前坐下。

有幾次秋蓮晚上還沒睡著，聽到樓下傳來模糊的爭吵。安靜下來聽的話能辨認出是一男一女在對話，男性聲音比較年輕。對話聲伴隨敲打物品或者是撞擊，而且越吵越激烈，持續半小時左右。不過秋蓮不覺得因此被打擾睡眠。

說真的，這個社區太安靜了。

社區電梯裡面的公告提醒住戶晚間九點以後勿大聲喧譁、拖拉家具發出噪音，十點以後不要使用洗衣機，半夜不可以把麵包機擺在陽臺啟動。所以一進入夜裡，生活的氣息被抽空，住了上百戶人家的大樓呈現悄靜無聲的真空狀態。

那一陣子樓下常傳來爭吵，耳裡伴隨街道的喧鬧，秋蓮睡得格外好。

自從聽過吵架聲，在電梯裡再遇到樓下鄰居，秋蓮便對她打心底肅然起敬。因為不管前一夜多麼疲憊與歇斯底里，早晨固定時刻她依舊能將自己打理得體面得宜，喀喀喀地踏出銳利的自信與堅強的意志力。

只是投訴的事情遲遲沒有落幕，就像樓下鄰居每天早上散發的過人毅力，她不屈不撓向管委會提供照片、錄影等證據。管委會每次都帶著一臉歉意來按電鈴，把鄰居的話轉述一番，幾乎是用拜託的語氣要公婆趕快找人修理，並主動提供幾家維修廠商的名單。

然而越是如此，公公這口氣越嚥不下，幾乎是賭氣一樣僵持著，有時候在家還故意跺腳，拖拉椅子時，刻意往地板上猛撞一下，像個小孩子鬧脾氣製造噪音。小敏則難免會碰碰跳跳，玩具掉在地上掀起一陣刺耳聲響。關於這些，樓下鄰居反而不為所動，只一心一意在意那幾滴隱隱約約滴在陽臺外的小水滴，有如滴在她心尖上，沒有一絲一毫容忍的餘地。

6

交往是阿一先提的，非常自然。誠如阿一全身上下的風格，好像事情本就該如此。

原來這雙有點短的手牽起來是這種感覺啊。秋蓮一邊暗自品嘗內心不斷湧現的快樂，一邊不著邊際想著這些事情，沒留意到那雙手其實有些冰涼。

沒多久後，他們變得經常一前一後走著，不常牽手。

即便偶爾牽起，那雙手沒有特別溫熱或厚實，甚至並不特別有力，要牽不牽的，好像秋蓮不握緊就會隨時被摔落。事後回想，阿一的雙手讓秋蓮留下這樣的印象：那是一雙不喜歡和別人牽在一起的手。

所以後來在秋蓮記憶中留下深刻輪廓的反而是阿一的腳跟。

那雙黑色帆布鞋永遠被當拖鞋穿著。沒穿襪子露在外面的腳跟白白的，一步一步說是走路，不如說是拖沓著，而秋蓮在後面乖乖跟著。到家後，鞋子被阿一一腳踢掉，躺在玄關的樣子看起來很扁，沒有鞋子應有的立體感。擱在玄關角落的登山鞋相形之下高聳挺立，上面還有乾掉的泥巴，具有山的雛形。

阿一家很小，是一排房子中第一間。出捷運站後，走快一點，十分鐘左右可以到達。不過要真的走很快。

那種特別尺寸的房子和周遭環境搭配起來，像是孩童隨意在空地搭建起的積木，卻無心繼續建造更多細節便跑開了。這排房子是地主自建，每一棟都只有兩層，一層不到十坪。扣除樓梯佔據的空間就顯得更小。地主一口氣蓋五間，自家住其中三間，另外兩間分租出去。

不知道地主當初是抱著什麼樣的心情設計這排房屋？準確說來，連設計都算不上，僅僅是五間很陽春的樓房，格局更是不怎麼樣。和周遭經過規劃的社區比起來，甚至讓人懷疑是抱著賭氣的心情蓋的。可想而知，將來要轉售的機會絕對不高，而且有可能成為這塊土地開發的釘子戶。

阿一把房子一樓布置成工作室，牆壁刷上橘色油漆，角落是布滿塵埃的快遞紙箱和行李袋，電腦旁散布著凌亂的充電器、電線和成疊的文件，靠牆是雙人座沙發和沙發底下無法辨識與歸類的雜物。

二樓有簡單的廚房設備、勉強容身的冰箱、衛浴兼具的廁所，其他地方擺床和另一套沙發床。靠馬路那側的窗戶掛著百葉窗，斑駁的米黃色，從來不見阿一拉開過。高矮不齊的書櫃靠牆站，過期雜誌、沒丟掉的大學課本、不明所以的公仔，幾本小說和當紅作家的新書參差列在架上。書架邊掛了好幾副耳機。

阿一經常戴著耳機，想事情與做事情的時候，配上他慣有的嚴肅表情，兩條線垂掛在雙頰旁，有如正在思索攸關人類生存的深奧問題。不知道是否出於復古情懷，他從來不戴無線耳機。對於阿一，秋蓮不懂的實在太多了。

有一次秋蓮問他在聽什麼，他拿下一邊耳機塞進秋蓮戴著耳環的耳朵裡。那是秋蓮聽不懂的音樂，好聽是好聽，但沒有歌詞，旋律漂浮不定，連有沒有旋律這件事都沒辦法確定，充其量是漫無目的晃蕩。秋蓮不喜歡漫無目的，她出門就是要去到哪裡，散步也是為了走完一趟回到家，回家就是目的。她沒說什麼，聽幾分鐘後就把耳機還給阿一。

因為阿一家真的太小，一樓工作桌只能容下一人，第二次去的時候，阿一要她帶自己的筆電來。二樓床邊有一張餐桌，那裡可以當作她的工作桌，阿一說。

可是她要做什麼工作？放假就是放假，她做的不是什麼了不起的工作，沒有什麼需要帶回家加班的案件。她來阿一家是想要跟阿一相處，像一般情侶那樣看電影、吃東西、聊聊天，不是來工作。

結果秋蓮還是扛著筆電和電源線，乖乖打開電腦坐在餐桌前，把舊照片檔案按照年分排進資料夾，逛網拍，看了幾個頻道。接著不知道要做什麼，她只好傳訊息給Amy或喬。一直傳到沒話聊，心想時間應該差不多了，才鼓足勇氣走下樓。

阿一背對著樓梯面向電腦，沒回頭。她蹲在樓梯上等一會兒，又躡手躡腳回到二樓。

來來回回幾次以後，「妳這樣走來走去，會害我沒辦法專心。」阿一轉過頭來說。

她不知道已經是幾度重新回到樓上，繼續上網，把看過的劇重看一次，甚至連書架上不感興趣的書都拿起來翻。

每個週末放假日，她帶著筆電，到阿一家上一個假想的班。而工作的報償是等阿一做完事，兩人散步去吃飯。算是散步吧？但是沒有牽手。

這時候的阿一會從緊繃的狀態中稍微鬆懈，偶爾會問她想吃什麼。不過她對阿一家附近一點也不熟，哪會知道有什麼吃的，最後多半是阿一決定。

阿一的工作到底是什麼，她沒搞懂過，只知道跟金融交易有關，有時候要和國外連線，所以工作時間並非朝九晚五。至於到底有沒有這麼多事，連假日都要掛在電腦前連線，她無從確認，只知道阿一工作時不能吵他。所以後來秋蓮學會漫無目的的散步。

在二樓悶到憋不住時，她便自己出去走走。一路上記下之後可以一塊兒去吃的餐廳路線，熟記採買家用品的賣場、文具店。總之能耗多久就耗多久，她沿著巷子走過一圈又一圈，直到被蚊子咬得受不了才回去。

有一回秋蓮在二樓實在餓了，眼看吃飯時間過很久樓下還沒有動靜。她翻找廚房櫃子，偷偷摸摸沖一碗泡麵，狼吞虎嚥吞下肚，之後把垃圾收拾乾淨，悄悄坐回電腦前。

沒多久後，阿一上來喊秋蓮一起去吃飯，她假裝肚子沒被剛吞下肚的泡麵撐得飽飽的，拿著外套要起身。這時阿一突然瞥見垃圾桶，「原來妳剛吃完泡麵啊。」她羞愧得像做了不得了的壞事，滿臉通紅不知該怎麼回答。早知道就把垃圾藏在包包裡，她懊悔不已。

有了那次經驗後，秋蓮再餓都忍著，不敢再偷吃任何食物，只是喝水。冰箱旁邊的飲水機出水時咕咚咕咚響，聽起來讓人更餓。

偷吃，Amy在這兩個字後面加一堆問號。然後追加一行，請問「偷吃」這個詞是這樣用的嗎？

「笑死，有人談戀愛像妳這樣餓肚子的嗎？」喬的訊息後面還加一個誇張的表情。她也自知很荒唐，可是肚子餓這種事不能控制，至少可以忍。

Amy總是能準確嗅到商機，問她要不要買雜糧能量棒帶在身上，他們公司才剛推出，正在折扣中。

又有一次到吃飯時間，阿一整天都沒來訊息，秋蓮不敢貿然去找他，猜想今天大概沒戲唱了，於是去巷口買便當。才剛買好，阿一打電話來問她吃過沒。明明手上拎著飯盒，她說還沒，跟阿一在電話裡約好地點，趕忙回家把便當連同塑膠袋一古腦兒塞進冰箱裡。本來想直接出門，但想到上次阿一說她身上黏黏的，臉上還露出嫌惡的表情，所以又用最快速度洗澡、吹乾頭髮才出門。

等秋蓮趕到的時候，阿一說等太久，自己先吃完了。

秋蓮不算容易流汗的體質，但秋天熱起來時比夏天還狠，誰能不流汗？從捷運站走到阿一家的路程不但要走很快，還要背著重量不算輕的筆電。就算不是淋漓大汗，難免皮膚會悶得逼出一陣黏膩。她已經盡可能加快洗澡的速度，也努力讓自己不黏。

回家後，秋蓮身上再次變黏。但她累得連澡都懶得洗，更沒力氣把便當加熱，吃完從冰箱拿出來的冷便當就直接上床睡去。半夜醒來兩次，也許是三次，她在床上翻來覆去，又累得睡著。

還有一次餓到過晚上八點半，阿一卻說他還不怎麼餓，但是睏。秋蓮只好說她剛好也不餓，溫順地主動先回家讓阿一休息。一邊說謊，肚子一邊激烈蠕動著，她用盡全心祈禱千萬別被阿一聽到咕嚕咕嚕的飢餓聲。

回去的路上，秋蓮餓到雙腿沒力，邊走邊用眼角餘光搜尋路上還有什麼吃食，後來在小吃店隨便叫了一碗乾麵，大碗的，加餛飩湯。她盯著百年如一日的綜藝節目，餓得邊發抖邊吃，吃一吃，眼淚流進碗裡。

「這樣還不分手？」喬在便利商店值大夜班，店裡閒下來的時候真的很閒，常常傳訊息跟她聊天。

過一陣子倆人對彼此熟悉些就會好多了，現在還在磨合期。秋蓮這樣告訴喬，也試著說服自己。

她到便利商店探喬的班時，喬連連驚呼說她瘦好多，拿出兩個準備下架的過期飯盒加熱給她吃，又另外塞給她一盒新口味的豆花。可是她沒什麼胃口。

那陣子，秋蓮要不就是非常餓，要不就是吃不下。

「會不會是因為換季，生病了？」喬頗感擔心。

她知道原因，只是不想承認。還不想。

再撐一陣子看看會不會好一些。

直到後來，她連阿一雙手的模樣都快不記得了。秋天的到來，從涼意漸次加深到寒意，阿一雙手老是擺在口袋裡。如果要指向什麼東西或方向，只是用下巴點一點，連手都不願意拿出來，好似寶貝得要命的東西，也因此對話時經常讓秋蓮摸不著頭緒。

再次點開電子信箱裡的那封信，秋連想起這些荒謬的過往，連自己都感到不可思議，真想狠狠從自己的腦袋敲下去。然而她比任何人都明白，事到如今做什麼都無濟於事。

7

浩志馬麻簡直是個行走的情報站。哪裡有免費親子活動、童書折扣、玩具清倉、體驗課程，問她準沒錯。

這禮拜她帶來的消息是全臺最大的親子網站推出國內套裝行程，房間裡面搭配溜滑梯、兒童帳篷、抗敏專用沐浴用品，飯店設施有兒童賽車場、戲水游泳池、數位互動體驗室等，是專為親子打造的飯店提供給網站的專屬優惠。如果一次買五套，還可以再享折扣。浩志馬麻已經揪公園其他馬麻，「只是團購，不用同時間一起去，大家來搶便宜嘛。」雖然真的便宜不少，不過如果每個便宜都要撿，加加減減還是花很多錢。天底下哪有這麼好的事？最後賺到的永遠是生意人吧。

秋蓮內心的質疑不敢說出口。為了買房子，要計較的小錢越來越多了。

如果是價格不要破千的小東西，秋蓮有時也跟著買，當作湊熱鬧，交個朋友。但好幾千塊的行程就不好自己做主。況且就他們一家三口去，不知道婆婆會不會說話。所以她只是按讚，沒回覆浩志馬麻在群組裡的訊息。幸好今天她們沒來公園，免得遇上又要被說服一番，更不好意思拒絕。

有些馬麻在這裡交到其他媽媽朋友，假日相約帶孩子爬山、野餐，就不局限只在公園玩。但也有馬麻後來鬧翻，好比說出去玩的時候錢沒算清楚，小孩互相告狀引起雙方家長芥蒂。又或者孩子喜好不合，自然漸行漸遠。秋蓮不擅長應付這些，要不是浩志馬麻先來找她搭話，後來才因此認識其他馬麻，她大概誰也不會認識吧。她看日劇裡面的媽媽團體彼此暗地較勁，舉凡家裡的財力、丈夫的職等、小孩的表現、個人學歷、服裝打扮都可以拿來比較，彷彿連母愛都可以被量化來相互評比。

幸好現實中沒有這麼誇張，而且這裡的人也不至於懷有惡意去劃分等級，不過有人的地方還是會有比較，否則浩志馬麻也不會成為公園這群媽媽的意見領袖。她經常提到假日又去哪座新開的農場、遊樂園玩，買進口的無毒餐具、益智玩具、外文童書給孩子，還有幼教界時興的套裝教具，號稱可以刺激孩子的感受，促進大腦開發。秋蓮一向抱著看看就好的心情在群組裡潛水。小敏發展得是快是慢她也不清楚，至少寶寶手冊裡面的檢測項目都過關，醫生也沒說有什麼問題，應該不必瞎操心，順其自然就好。

「所以要報名團體課，跟同年齡小孩比較，才知道孩子的程度落在哪裡。」浩志馬麻上次推薦的是體能課，小敏去試上一次。教練在裝設木質地板的明亮教室鋪滿軟墊，讓腿腳剛長出小肌肉的孩子練習翻滾、走平衡木與攀爬。剛好小敏爬階梯時絆一跤，馬上就被當作是訓練不足，應該趕快報名課程才對。浩志馬麻下了這樣的結論。

自從小敏作息改變後，秋蓮來公園的時間也稍作調整，自然而然比較少遇到那群馬麻。有這些馬麻在公園作伴時，雖然聽她們碎嘴有點心煩，但至少不無聊，還能彼此做伴。她們不在時，則另有一番清靜。

陳3今天一樣坐在那張椅子上，已經吃完三明治，正在喝奶茶滑手機。秋蓮推著孩子走近時，他點點頭，揚起嘴角向小敏招手，簡單的小動作就讓相互陌生的人彷彿跨入彼此認識的階段。離開時，陳3這次記得順手帶走垃圾，還不忘對小敏親切揮手說掰掰。

一連好幾天都是這樣。

秋蓮看到陳3時，也不再像之前那樣警戒。

而且上次小敏臨時想上廁所，她們到戶政事務所借用洗手間時，確實看到陳3穿著橘色背心坐在櫃檯前幫一位老先生辦理業務，一副相當熟練的模樣。上完廁所後，小敏瞧見所內設置的親子區，吵著要玩櫃子上的玩具，所以在那兒玩了好一會兒。離開時，小敏瞥見正在工作的陳3，還大聲喊叔叔掰掰。陳3予以微笑回應。

不過真正和陳3熟起來是那次秋蓮申辦戶籍變更時，恰好是由陳3承辦。她看到陳3真正的名字，當然那時候她還不知道「陳3」這個名字。

婚後，秋蓮的戶籍遷到婆家。雖然上大學後就開始搬到外面住，但心裡認定的家始終不變，那是一個隨時都可以理所當然回去的地方，不需要先說一聲。那份深厚的認定，就像時光足以把轉動家門的鑰匙打磨得光亮圓潤。後來辦理結婚登記時拿到新的身分證，地址和配偶欄的改變讓她內心激動好一會兒。相隨三十多年，連做夢都能背得出來的戶籍地址，在一紙婚約後跟著改變，不免心生感慨。

不過最近娘家那邊的哥哥和嫂嫂準備買新房子，計畫要搬出去，媽媽的戶籍放在鄉下老家，只得讓秋蓮的戶籍遷回去當戶長。申辦過程中，秋蓮不斷填寫表格與無數次簽名確認，作業流暢進行。印章一下兩下壓印在文件上，起落有聲。

拿到新的戶籍謄本時，這個曾經熟悉不過的地址裡只剩下她一人。再細看下方字級較小的幾行文字，出生、結婚、死亡，陳述得既簡潔又中性，不帶感情，卻將漫長一生做了短暫交代，一個家庭的聚散清楚重現。特別是讀到父親去世那一段，眼淚不禁奪眶而出，又讀到小敏出生那年，她想起乍見新生命時的驚詫與手足無措。

生與死並列在這張白紙上竟具有強烈衝擊力道，剎那間鼓動著她的胸口。

陳3看到她哭時沒說什麼，只是繼續遞給她須簽名的文件，然後示意她到旁邊等待新的身分證製作完畢。

低頭看著剛印好的戶籍謄本無法抑制哭著，秋蓮繼續讀到這幾年間沒在上頭寫出來的其他事件，接二連三在記憶中顯影。好比爸爸第一次倒下住院那年、哥哥回國後突然說要結婚、秋蓮無預警面臨裁員、媽媽炒股票賠一大筆錢懊悔許久……用離別換來的獲得，用擁有換來的失去。突然氾濫的情緒沒辦法立即停住，眼淚猶如另有其意志。

這時一包印有競選廣告的面紙遞到她眼前。是陳3。

秋蓮先抽幾張，把滴得到處都是的鼻涕擦一擦，一口氣就用掉半包。陳3又倒一杯水給她。由於哭得太誇張，秋蓮低著頭有些不好意思。

「常常有人哭，我們都習慣了。」

秋蓮這才抬起頭。

「會來辦事的十之八九都是婚喪喜慶，難免會比較感傷。」

沒再多說什麼，陳3回到櫃檯後面，按下叫號燈。

秋蓮領到新身分證時，看到父親名字那一欄印上「歿」字，緊緊握在手心好一會兒才放進皮夾裡。她把文件收進資料夾中，眼淚也乾了，突然又為自己剛才的情緒化感到羞赧。彷彿前一秒才經歷一場大雷雨，此刻又陽光普照，什麼事都沒發生過一樣。

恢復平靜後，秋蓮想起還要買便當回去，小敏跟公婆在家等著。她跟小敏約好，午餐會買她愛吃的番茄蛋包飯和貢丸湯。

8

「那時候都這麼慘了，為什麼不分手？」陳3問。

後來秋蓮跟陳3越來越熟，小敏在一旁玩的時候，他們常坐在長椅上天南地北聊著。有時候就算沒在公園遇到也會互傳訊息。

現在小敏睡著了，秋蓮躺在一旁想著陳3白天裡拋下的問題。

跟阿一交往的時間加起來，不過三個月。到最後一個月時，過一天算一天，極其辛苦延續著感情。有時候秋蓮希望阿一乾脆不要打給她，不要見面，又可以拖過一天，維持交往關係。

她知道這樣很可悲也沒有意義，但她真的不想再一個人了。哪怕是只有名存實亡的關係。

只是每天夜裡，秋蓮還是會感到前所未有的寒冷從體內竄出，不知道是因為恰好秋天進入尾聲還是因為孤單。阿一是永不融化的冰石，不斷吸取她的熱情，直到她逐漸冰冷起來。

從那時起，她不只身體沒來由的發冷，連房間裡的桌椅、窗戶、書架與被子摸起來都冷得讓人寒毛直豎。而房裡的床鋪不管怎麼睡，永遠都睡不暖，猶如躺在雪堆中。她經常整夜忍著徹骨的寒意直到天亮。

正常人都會分手吧。

其實她很想結束這種精神的凌遲，但結束後就真的什麼都沒了，連最後一絲翻轉的可能性都消失殆盡。於是她讓自己忍受精神上的酷寒，最後被麻痺。或許也是因為這樣的麻痺，讓某一部分的秋蓮在後來還能存活下來。只是這份長年累積的冰凍層花了比想像中更久的時間才消融。

她跟阿一之間存在難以跨越的距離。不，應該說阿一身邊有一道厚厚的高牆，不管她如何奮力搥打、嘗試攀越，都無法抵達牆的另外一邊觸碰到真正的阿一。

在身邊的阿一總是讓她覺得離得好遠，隨時會蒸發消散。阿一細細的眼睛藏著無數的祕密不願意在她面前坦承，只能從阿一的要求中察覺到他曾有過的傷痕箝制著心緒，所以讓他這麼冷酷，冰冷得連他的話語都能讓人忍不住打顫。可能是因為這樣，她只能想起兩人之間零星的對話，其他的話語不知是封印在記憶裡的傷痕處，還是早已被時光擦拭抹去，老是想不起來。她連阿一是如何喊她的都記不得。記得起來的，都是一些畫面拼湊出的瑣碎事件。

有一次阿一工作累了，提議去散步，依然是一前一後走著。阿一在巷子裡左拐右彎，秋蓮傻乎乎地分不清楚到底哪條路走過哪條沒走過。突然阿一停下腳步，指著一棟五層樓公寓的三樓說，「那間房子是我的。」秋蓮滿腦子疑問，既然有房，為什麼還要向人租屋？腦袋還沒理清頭緒，阿一又開口說，「前幾年操作順利賺到一筆，房市剛好還可以，就投資在這裡。」

秋蓮再次感覺到和阿一之間的距離，包括他們之間八歲的年齡差距，更不知道該怎麼接話。投資、理財、股票，這些她都不懂，阿一對此很驚訝，斜著眼看她，彷彿這些是每個人都自然得學會的事。「上個月請房仲估價，最近漲不少，打算賣掉。」說完，阿一繼續往前走。

後來阿一帶秋蓮去看別間房子，跟仲介約在建案樓下的便利商店碰面。等待時，阿一問她有沒有看過房子，她搖搖頭。

「保險呢？有規劃哪些？」阿一的口吻像面試主考官在審問，然後嘆一口氣，轉過身去。秋蓮不禁感到自責，自己居然活得如此渾渾噩噩，什麼都沒認真想過。

「煮飯呢？」阿一又問。

她住的地方連電磁爐都沒有，是要煮什麼。秋蓮把頭垂得更低，看著阿一那雙被踩得扁扁的鞋，好像被踩在腳下的是自己。

那天去看的房子，印象中格局不算方正，但客廳採光尚可，裝潢不多，如果之後想租人或自住都算好處理。社區的公設比低，步入簡陋的大廳後，直接搭電梯上樓，穿過狹窄的走道就是門口，這一點對很多買家來說頗具吸引力。只是走道和樓梯間放滿住戶的鞋櫃、雨具、腳踏車，似乎是管理鬆散的社區。廚房有點窄，如果再放冰箱，只能容得下一人在裡頭煮飯。連接廚房的陽臺勉強擺放洗衣機後就沒剩下太多功能，不過可以看到隔壁建案的中庭花園反而是外加的福利。

秋蓮要懂得這些是在結婚以後。是到最近，她開始想買房子以後。

阿一告訴她怎麼看格局，怎麼判斷哪些是建築主體哪些是假牆，還有鄰近設施要有哪些項目才能讓房產保值。「附近學區不錯，我們將來住這裡，小孩子可以讀旁邊的學校。」聽到這些話，秋蓮心頭一緊，又是錯愕又是開心。這是她第一次把家和房子的想像連結在一塊兒，但又直覺不應該只有這些，似乎還少了最重要的事。可是她說不清楚，特別是在阿一面前。

阿一打從交往最初就曾提過對未來的計畫，希望盡快結婚，生兩個孩子。這大概是阿一要求秋蓮快點學會基本理財的原因，之後她才能幫忙打點家裡，雖然這讓秋蓮倍感壓力。可是秋蓮總覺得兩人可以再多認識一些。至少，讓她走進那道牆裡面，或者真實的阿一從牆後面走出來。

但習於凡事計畫好並且按部就班執行的阿一認定每件事情都是可以計畫的，包括感情可以像股票一樣操盤，婚姻可以像保單一樣規劃。在交往第一個月時，阿一說要明年初結婚，最快後年應該就可以有第一個孩子。秋蓮聽了，腦中一片轟然。這些步驟實在跳得太快，快到她連思考都沒辦法。這樣算被求婚嗎？可是聽起來感覺不像，比較像命令。她還是努力跟上腳步，就像她總是跟在阿一後面看著他的腳跟，叮嚀自己不要跟丟。

看著阿一的信，曾經支離破碎的回憶慢慢在清醒與睡夢間浮現。

現在這些想來好笑的交往細節，當時卻咬緊牙根忍受著，陳3聽了笑說她是被虐狂。「這個男的有病吧。哪有這樣計畫的，人又不是機器。」

阿一住的房子前面什麼都沒有，隔著馬路是另一排建案的後巷，巍峨的建築物背對著這排嬌小的兩層式房屋。事後回想，阿一是坐擁五臟俱全的迷你城堡的孤獨國王，日日深鎖在思緒迷宮中。當時自己卻沒辦法看清這些，而是一同被迷惑。

兩個向下墜的人是沒辦法拉起對方的。實情雖是如此，當初就是沒辦法認清這麼簡單的道理。

到底發生什麼事，讓阿一成為這樣的阿一？朋友的朋友把一些耳語透露給秋蓮，禁不住好奇與困惑，秋蓮開始習慣在睡不著的夜裡在電腦裡鍵入前女友的名字。

聽到這裡，陳3沒再繼續笑她。他搖一搖空了的奶茶杯，冰塊喀啦喀啦響，「我也幹過這種事，搜尋前男友的前男友。」

那是一種很孬的感覺。陳3這樣形容，然後久久不語。

網路被發明出來的時候，那些頭腦厲害得不得了的人大概沒想到便利的搜尋功能會讓情感中迷路的人們深陷在虛幻的死巷裡無法自拔，而且明知是一條永無白晝的夜路仍舊前仆後繼陷進去。

秋蓮找到前女友寫的網誌，是類似日記的內容，寫於她和阿一交往的那幾年間。後來可能換成使用其他平臺，網誌中斷在她去法國留學的第一年。從日期上推算，又過半年，就是秋蓮第一次見到阿一的時候。

「她好會寫，感覺是很會念書的那種人。」而且長得超級漂亮，脖子側邊有刺青，性感極了。年紀雖然比秋蓮小，但懂得很多。秋蓮一篇一篇讀過不只一次，想到她和阿一窒礙難行的感情而睡不著時，便好似中邪點開網頁來讀。前女友跟阿一喜歡一樣的音樂，讀同一本書，懂阿一在乎的事，他們一起去露營、泛舟、趕音樂祭，報名同一個登山社。

「爬山？我以為他是個陰森森的宅男。」陳3說，「晚上說不定會爬進棺材裡睡覺。」

「對啊，那是我認識他的時候。」從盡情沐浴在陽光下到遁入幽暗之中，阿一曾有過這樣的劇烈轉變。

後來事情演變得越來越像在辦案。秋蓮不停挖掘阿一過去的各種足跡，包括他曾跟朋友去過的地方，朋友打卡照片中開懷大笑的他，以及曾經留言評分過的餐廳。秋蓮將這些線索拼湊起來，思索著阿一真實的想法。但常常又在投入了許久以後，頹喪地關上電腦。因為知道再多也沒有用，除非阿一願意主動走近她。

「你回信了嗎？」陳3拿起早餐垃圾，起身準備回去上班前問。

「我還在想。」

9

聽說以十年為一個區間，每個區間出生的孩子都會有著相似氣質的名字，取名字邏輯與選字的喜好更有著極高的交集。因此從小到大的同班同學之中，遇到名字相仿甚至是一模一樣的人都不足為奇。

可是秋蓮的名字彷彿停留在上一個世代。

念書時，每到學期開始，老師拿著新生名單踏入教室點名，秋蓮都難為情得抬不起頭來。其他女生的名字聽起來像小說中的女主角，溫柔婉約，不然也簡單易懂，筆畫好寫，就只有她的名字怪老氣的，散發陳年的酸腐味。國小學生對文字的敏感度還不高，所以她的難為情只有自己知道，悶不吭聲過完六年。

但是上國中後，特別是男同學喜歡用各種形式惡作劇藉以發洩旺盛的精力，對象範圍之廣，連主任與老師都難逃一劫。而秋蓮最常被拿來作文章的就是名字了。加上個性害羞，面對異性時這部分更被放大，「好像我阿媽的名字。」之類的玩笑扔過來時她常常閃避不及，也不知如何接住。

不過幸好也因為這樣，幾次以後，男同學沒有得到預期中的回應，注意力很快轉移到別處。只剩下秋蓮還記得那些幼稚的笑語，並且以此來衡量自己。Amy就是從那時候開始常常替她出頭。

學校畢業後，幸好職場上流行起英文名字，愛取什麼都可以，猶如獲得翻身的大好機會。

Michelle，是秋蓮實習時取的名字。她負責收發文件、接聽電話以及簡單跑跑腿。由於職務的取代性高，所以秋蓮格外勤奮，希望能留下好印象。可惜還沒來得及轉正職，公司資金就出問題。其他同事見苗頭不對，找到機會紛紛跳槽。只能怪她太後知後覺，才剛轉正職第一年工作就飛了，連年終獎金都沒領到。

那時Amy剛好也準備換工作，約秋蓮一道去算命。真是見鬼了，這個算命的連英文名字都能算上一筆。直接就說Michelle這個名字不好，在職場上不易結善緣，升遷會受南方的煞星阻擋。倒是對秋蓮這個名字讚不絕口，說是有幫夫運，晚年福氣大，雖然那會兒秋蓮連男朋友都還沒個影兒。不過寧可信其有，而且給師父的錢都付了。一個禮拜後，秋蓮就把英文名字換掉。

Carol是進到現在公司時用的，Caroline的簡稱。算命說短一點比較好，若是遇上災厄才能快點化解。那就叫Carol吧，反正字母C排在員工聯繫名單比較前面，容易找到，這樣也不錯。而且發音聽起來頗開朗，各方面都沒什麼不好的。

換名字後，具體上運勢有沒有改善不得而知，至少沒出大問題，公司穩健發展，從本來小規模的人數慢慢擴大。不出幾年，就連隔壁的辦公空間也租下來，擴編員工人數與部門規模，業務項目隨即跟著拓展，她在組裡已經算得上資深前輩。

其實秋蓮有幾次升遷的機會可以離開打雜與接電話的職務，接手處理更重要的工作。如果勤奮一點進修，要被調派到國外都是有可能的。不過那幾次機會最後都落在同期的同事身上。準確一點來說，是秋蓮讓出機會。口頭上她是不會承認的，但她天生沒有太大的野心，只想靜靜生活。這一點早就被料到，不過不是算命算出來的，而是Amy。「傻瓜才會把大好機會白白送給別人。」Amy深知秋蓮的個性會成為她發展的絆腳石，之前就曾警告過她，「妳這樣叫做不知進取。」但個性無法改變，而個性素來決定個人的命運。

「妳不擔心被公司淘汰嗎？現在的畢業生能力都很強，就連隨便一個打雜的員工都是國外回來的。」Amy又補一刀，「而且還比妳年輕漂亮，又會打扮。」

這下秋蓮可慌了，靜靜生活裡可不包括再次被裁員。於是她在莉莉的推薦下，報名大學開設的在職英文進修班。

「Carol0112。」秋蓮跟陳3互加好友時，報上自己的帳號。

「所以妳的名字是Carol，生日是一月十二日。」

秋蓮徹頭徹尾就是這麼簡單好懂的人。

系統搜尋到帳號，陳3按下貼圖。叮咚，秋蓮的手機響起。

「陳3？」

「就是這個沒錯。」

陳3的名字就令人費解了。雖然事先知道他姓陳，可是3是什麼意思？秋蓮用疑惑的表情提問。難道是因為在家裡排行老三？

「取帳號名字那天第三任打來，這個理由很瞎吧。」做了個鬼臉後，他又繼續說，「不過聽我朋友說，陳三是個很專情的戲劇角色，這一點跟我一樣。」說完還自己乾笑兩聲。

看秋蓮不答話，陳3繼續替自己辯駁，「聽起來很孬，但我真的很專情，就算對方再爛我都愛，所以每次都是被分手的那一方。」他雙手一攤。

第三任劈腿後，強勢的小三連連催逼分手，男友跟陳3攤牌時他才知道自己被蒙在鼓裡很久。由於一時之間難以接受，陳3竟然提出共同交往的荒謬要求，只求能夠繼續在一起。不過小三也不是好惹的，對男友一次次下封鎖令、鬧失聯，所以陳3最後還是被一腳踢開。

真是人不可貌相，秋蓮心想。外型看起來不差，體格在標準之上，工作穩定、人又善良，居然也會情場失利。

「善良有屁用，談戀愛時就是弱點。」陳3感嘆地說，「要耍心機啦。」後來他也真的學會耍小心機。

跟第四任剛交往時，男友在陳3家過夜，借用他的電腦上網處理公事。過兩天，陳3發現男友當時忘記登出帳號，而且把其他帳號密碼都寫在雲端記事本上。從此以後，陳3定期查看。

「現代人的祕密都在雲端上。」電子信箱、雲端資料匣、電子發票、影片觀看紀錄、網頁搜尋紀錄、對話紀錄、留言與訂閱，陳3全都掌握在手中。幸好男友個性比較直，所以沒有太多心事好擔心，大部分都是公事來往，其他則是與家人或之前研究所同學的聯繫。男友特別喜歡看籃球比賽的影片，賽車也會看，如果有新款手機上市，則會固定看幾個youtuber的開箱影片。

不過有一次還真的讓陳3發現了點什麼。

男友的前任傳訊息來。突如其來的問候讓陳3嗅到不對勁的味道。男友那時候在公司開會，趁訊息還沒抵達收件人眼前，陳3毫不猶豫封鎖加刪除，迅速解決掉一個禍害。

「這樣不是很累嗎？」

「累啊。」

像在理清思緒，陳3過一會兒才繼續開口說道，「第一次偷看時很難受，手抖個不停。」

耍心機也累，不耍心機也累，而且到頭來只能順從命運與難以捉摸的緣分。

所以後來陳3不看了。為了戒掉這個惡習，他花好久才下定決心把密碼刪除。可是沒用，因為密碼已經背起來了。有一段時間，陳3幾乎覺得自己該去看醫生。因為那股偷窺的癮像病毒吞噬心智，讓他對自我感到厭棄，而且對這段感情的殺傷力更是強大。

「目前已經戒斷兩個月又五天。如果很想偷看的時候，就看搞笑影片轉移注意力。」

幸好這類影片很多，多到可以看很久。

「那男友呢？」

「被公司派到國外，撐不過遠距離，掰了。」

「也許你該換個名字，不要再叫陳3。」秋蓮突然發現自己的口吻有點像算命的，「感覺不太吉利。」

「等我想到新名字再說吧。」

「James。還是Jason？」

「什麼？」

「隨便幫你取的英文名字。」

「還真的很隨便。」

後來陳3這個帳號名字繼續用了一陣子，等到他真的改名字時，已經是搬走以後的事了。

10

趁著放假，先生到五金行買兩個不鏽鋼盤，就是自助餐店用來盛菜的那種。

第三個來家裡檢修的冷氣師傅直言，沒壞掉的東西真的無從修起，冷氣滴水是再正常不過的，不如放容器在室外機底下接水。

師傅從窗戶爬到室外機，踩在騰空的欄杆上查看，腳下是一片矮樹叢。不會有人從那兒經過，也不會滴到任何行人。

起先公公跟街上賣角鋼的老闆詢問，打算訂製跟室外機同樣大小的鋼盤放在底下，可是這樣一來成本太高。而且盤子尺寸太大，機身下方空間狹長，不管用什麼角度都沒辦法放進去。後來聽老闆建議，決定改買現成的小鋼盤，價格便宜些。

先生上半身垂在窗外，小心翼翼把鋼盤垂降下去，推到室外機下方。以防萬一，他們找來兩塊磚頭壓住。

這大約是一週前的事，讓他們過上幾天安靜的日子，樓下鄰居沒再投訴，雖然偶爾還是會傳來爭吵聲。

有一天秋蓮下樓倒垃圾，樓下鄰居正巧提著一袋回收物在分類區。換下套裝後，穿著發黃的T-shirts和起毛球的運動褲，秋蓮差點沒認出她來。蓬亂的頭髮用鯊魚夾隨便夾著，要不是耳朵上那對垂墜式水晶耳環還沒卸下，實在跟社區其他主婦沒有區別。趿著粉紅色夾腳拖，不再發出秋蓮欣羨的喀喀自信聲，取而代之的是從黑色塑膠袋裡掏出十幾個啤酒罐，有些甚至還沒壓扁就投進回收桶裡，哐啷哐啷傳出空蕩蕩的聲響。

繞去便利商店買小敏要喝的養樂多時，在櫃檯前排隊又見到樓下鄰居手裡拿著微波飯盒、啤酒，還有衛生棉。秋蓮先付完錢離開，回到家時，本來想跟公婆和先生分享剛才的發現，但話到嘴邊又停了。她突然想保留這個部分，讓它只屬於自己，彷彿那是另一個人生中的她，堅強中有脆弱，耀眼中有平凡。而她特別在意樓下鄰居身上那件起毛球的褲子，跟她的那件很像。因為穿得很久，鬆到有些變形，而毛球讓褲子摸起來更柔軟，包覆在裡面的人彷彿化身為軟體動物，失去攻擊性。發現樓下鄰居與她本質的相似後，讓秋蓮心裡稍感安慰。

回房後，先生原本在滑手機，像是突然想起什麼說起這次升遷結果已經公布，比他早進到部門的前輩序位排在他前面，所以由前輩先升遷，部門還因此少了一個人。在新人進來之前，他得暫代職務一陣子。公司職位都是一個蘿蔔一個坑，除非有人離開，騰出一個坑，否則很難說調動就調動。

「那就會更忙了？」秋蓮輕輕拍著小敏的背，此時那對遺傳到秋蓮的長睫毛已經慢慢闔上。她沒再追問，怕吵醒孩子，也怕說出真心話。

「不過房子可以先看。」先生繼續說，「放連假那個週末挑一天過去。」

上次秋蓮回娘家時，在捷運站出口拿到預售屋的宣傳單，地點剛好在娘家和婆家中間。傳單上面號稱離捷運站近，實際用google地圖估算的話，要走十來分鐘，加上等紅綠燈應該不只。但也因為這樣，每坪價格不至於貴到令人咋舌，算是有機會入手。

她本以為先生早忘掉這件事，沒想到他聽進去了。

「反正先看看也沒差，又不一定要買。」秋蓮睡著前最後聽到這句話，便隨著小敏平穩的呼吸沉沉睡去。

那天半夜醒來上廁所，秋蓮躺回床上後翻了很久，遲遲無法再入睡。近來越來越常這樣。生產過後容易頻尿，加上半夜醒來很難再入睡，這段時間最是怕人。

「不該想的事情，不願意想的事情，會像鬼一樣從大腦裡爬出來。」喬說。

喬離了，三年前，總共維持三年，交往加結婚。

「這樣也好，幸好還沒生小孩。」喬咬牙切齒叫著，「誰幫他生小孩，誰倒楣。」發現丈夫外遇時，她異常鎮定，畢竟交往時就曾抓到他出軌，還不只一次。

「我就笨啊，以為可以改變他。」喝酒時，喬不哭不笑說著。那時候秋蓮剛訂婚，喬陪她去試婚紗。薄紗、蕾絲、鑽石或珍珠、華麗繡花，選來選去真累人，看到後來哪件是哪件都搞不清楚了。幸福方案是五套婚紗，照片二十組，加贈婚禮當天基本梳化，鞋子自備，其他都要另外加購。

喬一邊喝婚紗店提供的第三杯咖啡一邊說，「除了妳媽，沒人會看這麼仔細，大家只在乎紅蟳米糕好不好吃，甜點是不是Haagen-Dazs冰淇淋。」說完後還擺出無辜的表情舔著咖啡杯旁的小湯匙。

沒辦法，喬實在太低潮。不過多虧她那時剛離職，還沒找下一份工作，才能陪秋蓮試婚紗。

跟婚紗店簽完合約，付清訂金，喬拉著她去隔壁巷子剛要開始營業的店裡喝一杯，這才慢慢吐露離婚的細節。

先是手機，然後是帳單，接著是打卡地點，跟戲裡演的都一樣，因為人會留下痕跡的地方都是相同的。只是喬沒想到是結婚前劈腿的同一個對象，「這麼愛她，幹麼不跟她結婚就好了。」滿有道理的。

可是如果每件事都有道理，世界就不會像現在這麼混亂。

就是喬告訴她如何搜尋對方的前任。以前秋蓮沒想過搜尋這個要做什麼，直到自己也著了這個魔才明白。

夜裡平白無故就是會想起這些沒用的事。

秋蓮的嘴巴乾燥得難受，不自覺像離開大海的魚，嘴巴一開一闔，於是起身喝一點水。再次躺回床上時，她想著先生說的話。上次經過建案時，兩房的物件已經剩下沒幾間，其他都是更大坪數，遠遠超過預算。

可是買下兩房的話，是不是代表生第二個孩子的機會不大？不然就應該直接鎖定三房，她跟先生曾這樣討論過。但調職的事情遲遲無法確定，而秋蓮自己回去上班的時間也遙遙無期，短時間內收入無法增加是鐵一般的事實。如果再生一個，生產加育嬰，又是好幾年過去。兩人的收入維持只出不進，這樣是存不到錢的。

每個週末，夫妻見面談的幾乎都是這些。

其他夫妻都談些什麼呢？長時間分居兩地，她和先生的共同話題乾澀無比。幸好還有孩子的事情可以分享，訊息裡面也以孩子的照片為主。

Amy勸她不要想太多，至少他們還有小孩的事情可以講。Amy和先生的訊息裡面只剩下交代對方要做的事和要買的東西，牛奶、衛生紙、交管理費。還有更誇張的，Amy說她同事的先生把太太的帳號當成記事簿，每次收到先生傳來的訊息都是看不懂的公文代碼和日期，不然就是部門內待辦事項。「光這樣就值得感恩。」Amy像是過盡千帆，一臉苦口婆心勸著。

秋蓮觀察躺在旁邊的先生，嘴巴也像魚一開一闔，發出鼾聲，讓她想起度蜜月時住的那間飯店。寂靜的夜裡，能清楚聽見遠方浪潮的聲音。那間海景房是他們婚姻中唯一的奢侈，後來幾乎不斷地為了似遠似近的將來省吃儉用，把更好的生活寄望在想像中的未來。然後，不知不覺他們就來到過去的未來。

先生打赤膊的上身因久坐辦公室被脂肪包覆得圓潤柔軟，隨著鼾聲漲潮退潮鯨魚般起伏。線條柔和的肩頭在月光照耀下兀自發亮，傳遞出異常無言的寧靜。那是毫無戒備的身體，順服且包容。

結婚後，如浪的鼾聲從來沒變過，一開始還會干擾秋蓮睡眠，久而久之反倒有助眠的效果。今晚也是。另一邊的小敏也透著輕微而規律的深沉鼻息。

數不清的夜裡，秋蓮躺在小敏和先生中間，兩道浪潮不懈地拍打如輕舟的她，許久以後終於推著她再次沉沉睡去。

II

分手是阿一提的，和提交往時一樣。他說得不痛不癢，雲淡風輕，讓人下意識想再次確認飄進耳裡的話音。

後來秋蓮說服自己，他事不關己的模樣是防衛機制，好讓自己可以盡快抽離這段感情。

「不要再幫他講話了好不好。」喬說。她從便利商店換到自助餐店當收銀員，每天站到雙腳腫脹，放假就跑按摩店，非得被按得又痛又麻才過癮。

秋蓮記得一開始是在阿一家附近的長椅上談話。那裡是運用畸零地蓋起來的公園，腹地窄小，兩側長條狀的花圃裡，花已謝得差不多，剩下垂頭喪氣的乾褐葉片。靠邊是一條長椅和昏暗的路燈，燈下聚集大量蚊子。事情發展得如此理所當然，就像路走到最後會自然轉彎，白天過後是黑夜。

他們坐在椅子上，並肩看著遠處，就像第一次見面時那樣。遠處是傍晚車流，距離之遠，使得阿一說話的聲音聽起來多了幾分誠懇。

可是後來蚊子實在太多，大剌剌停在手背上、臉上，讓兩人的語氣逐漸搖晃起來。隨著天氣轉涼，秋蓮已換上長褲，不過腳踝處還是免不了被叮咬。

回到阿一家的二樓，在她曾經偷吃泡麵的流理臺前，兩人對坐。先是沉默，然後哭，辯解、挽留，阿一只是面無表情靠著椅背朝向她。雖然沒有說出口，但他擺出來的姿態是一種漠然的等待。等待一切結束。

這比什麼都傷人。

等到結束後，等到秋蓮離開，他又可以回到電腦前工作，戴上耳機聽最愛的音樂，或是什麼也不做，踩著鞋跟出去溜達。

他在等待結束，表情越來越明顯。

秋蓮不想用打發這個詞，因為阿一不是這麼壞的人，至今他所做的每件事都帶有迫不得已的意味。

阿一總是在衰退的冷漠後，留下一副搞砸事情的錯愕表情。好比陷入流沙的人逼不得已抓住旁邊的人，卻讓別人也陷入。

或者用溺水來形容也可以。

秋蓮在阿一身上感受到這些，這是她沒有主動離開的原因，或者應該說是藉口。那時候她還不知道時間可以有多長，有多深，不明白時間會帶來一切，也會沖走一切。沒有人可以戰勝時間。所能做的，只有等待。

她更不知道離開也是一種等待。

結束後，已經過晚上八點，房子後面雜草漫生的空地釋放出肅然的氣息。

秋蓮放在阿一家的東西不多，牙刷、洗面乳、保養品和隔離霜，一只小小的化妝包就裝得下。一雙可有可無的襪子和拖鞋，一件短褲。根本不需要特別打包，一下子就能離開。

但還是有東西遺留下來，一個音樂盒。

正確來說，是音樂盒裡面發出聲音的機芯部分。轉動側邊的把手，滾筒撥動金屬鍵傳出清亮的船歌。

能夠被選為音樂盒的歌曲大多都具有重複性，樂曲的開頭與結尾能接合得天衣無縫，形成一段永不止息的旋律。這只音樂盒就是這類型的曲子。隨著機械轉動，一次又一次撥動音符，時間彷彿不存在，因而更加顯得永無止盡。這是阿一唯一一次到秋蓮家時在書架上見到的，他開口向秋蓮借回家玩。帶回去後，阿一也是放在書架上，就在耳機旁。

離開的那天，秋蓮提著塞得鼓鼓的隨身包，回頭看一眼音樂盒，猶豫要不要拿走，畢竟那是她心愛的物品之一。後來她決定刻意忘記帶走，好做為再見面的理由。

阿一送她到門口。她走到巷口，回頭看，阿一已經進屋了。秋蓮沒有馬上回去，她繼續往前，走到下一個路口，到阿一會去買東西的雜貨店才轉彎，繞到隔壁巷子，又轉回阿一家門口。

樓下的燈熄了，二樓亮著。秋蓮在原地站了一會兒，看到百葉窗後晃動的影子，又沒了。最後連二樓的燈也黑去。阿一彷彿剛處理完棘手問題，精疲力竭地想要趕快

息，雙腳像在熱切催促秋蓮趕快離開，「快呀，快逃出這裡。」她只好出門，再次到阿一家樓下，整晚吹著初冬的寒風冷卻發熱的腦袋。除了這樣，她不知道該怎麼做。她會站到夠累了才回家，勉強入睡，好應付隔日枯燥且漫長的上班時間。

陳3沒說什麼，秋蓮不知不覺繼續說下去。

那天又是放假。她的胸口彷彿快爆炸，每一下心跳都是毫不留情地撞擊，每件事都讓人煩躁，只有出門才能讓呼吸平穩下來。

她終究沒學會漫無目的，走路的時候她朝向目標前進。她需要有個地方能夠抵達，所以走著走著又來到阿一家。

由於長時間的精神耗損，為要突破心靈的重圍，她從那排房子的最邊間繞到後面，透過房東家晾晒的衣物後面躲躲藏藏窺探阿一家。不知看了多久，刷刷，傳來聲音。秋蓮緊張得趕緊蹲下，躲在橘色垃圾箱後面，心臟瘋狂衝撞胸口讓她有疼痛的錯覺。

是阿一。

阿一光著腳從後門走出來，打開洗衣機，丟入髒衣服，倒入洗衣精，啟動。

那片凌亂的荒地中央種了香蕉樹和木瓜樹。阿一拿起地上的棍子撥開草叢，像個大孩子正在尋找什麼。突然，他停下來望向秋蓮這邊，只是短短幾秒鐘，但足以讓秋蓮血液瞬間凝結，渾身冒冷汗。那一刻，她深深懊惱自己的魯莽，可是又明白別無選擇。接著阿一持續在草叢中翻找一會兒，隨後便老神在在進屋。

確定再無動靜後，秋蓮才緩緩起身，躡手躡腳離開後巷。她的雙腿不住發抖，踏著零碎的步子跑向捷運站。

阿一不可能看到她，秋蓮安撫自己。

阿一絕對想不到有人會對他有這麼多的牽掛，因為他根本感受不到別人。他生活在只有自己的世界裡。

回家以後，脫下全部的衣服，走進浴室時秋蓮還在微微顫抖。

後來她不敢再去阿一家樓下，以免真的遇到。可是心裡的躁動還是沒辦法停止，反而越來越嚴重。

這些事，秋蓮沒對任何人說過，包括最好的朋友都沒有，因為太丟臉，回想起來是那樣的骯髒、難看、猥瑣、卑微，比螻蟻還不如。蹲伏在垃圾桶旁邊時，她覺得垃圾的酸腐氣味像是從自己身上散發的味道。而在那段暫時靜止等待阿一走掉的時間裡，彷彿有另一個她看著自己，並且不忍心地別過臉去。

但至少她看到阿一。終於不是透過窗簾看見模糊的影子。

這些難以啟齒也不願再想起的事，不知不覺就對陳3說起。明明才剛認識不久。又或許就是因為剛認識的陌生感讓人不由自主卸下心防，不用偽裝成好人、善良的人。反正到這個階段為止還不算真的認識，如果苗頭不對可以一走了之，永遠不再見到。

「下次要跟妳收錢。」

「收什麼錢？」

「諮商費啊。」陳3猶如看穿她的心事，忍不住虧她一下。

秋蓮沒去諮商過，聽說費用貴得驚人。但如果所謂的諮商，有一部分是把堆積在情緒裡的垃圾傾倒給某個人，而這個人會負責把這些垃圾拿去倒掉，那確實應該付多一點錢。因為真實人生中，這等好事是可遇不可求的。

「下次請你吃早餐，旁邊那家胡椒餅很有名，」秋蓮回以玩笑，「每天都吃三明治不會膩喔。」談完沉重的話題，他們會有默契地交換一些不痛不癢的話題作為結束，然後不會說再見便直接離開。

12

回憶走到這邊，一景一幕列隊自秋蓮面前經過，阿一來信裡的意義逐漸立體且明確，顯現出明晰的形狀與時間上的深度。哪怕那只是秋蓮單方面的詮釋。

不再去阿一家後，她開始寫信。

她還學煮飯、理財，上網查資料認識保險種類。她甚至找保險專員買下人生第一張醫療險。

阿一覺得她對自己不夠了解，她認真去學習什麼叫做認識自己。每天記下感受、情緒，逐一分析與檢討，試著去做到書上說的「覺察」。她還報名參加冥想課程，雖然每回打坐完肯定雙腿發麻，走路像用爬的。

然後她又找來阿一書架上的書，硬啃。

秋蓮把這些都寫在信裡，一一報告，希望阿一能看見自己的用心。畢竟，不是說好要一起擁有一個家嗎？不是計畫好年底結婚，然後生下屬於他們的寶寶嗎？

後來阿一在分手那天才鬆口，「我發現自己還沒預備好。」這理由居然可以庸俗到讓人無言以對。

這麼說的當下，阿一流露出認輸的意味。經過這三個月瘋狂的縝密計畫，他總算認清充滿變數的人生其實無法操控，所謂的圓滿也無法勉強，到頭來都只是自欺欺人。

「妳相信這種鬼話？他連有創意一點的藉口都懶得想。」喬和Amy大致上是這個意思，只是用了不同的說法。

有時候人生就是會荒謬得像一則笑話，甚至有過之而無不及。或者該怪罪那些票房保證的愛情故事賦予人們的價值觀另一種選擇，因此讓人有了錯誤的期待與落空。

陳3嗆咳幾下，又猛吸一大口奶茶才說話，「欸，有沒有人跟妳說過，妳跟外表看起來很不一樣，常常讓人嚇一跳。」

秋蓮搖搖頭。

陳3嚥下最後一口三明治才繼續說，「如果不是已經跟妳聊過一陣子，我真的會覺得妳腦袋有問題，連他說的那種話也信。」看秋蓮沒回話，「好啦，我講的可能太過分了，可是這個理由真的很扯，現在就連偶像劇都不敢這樣演了，不然會被觀眾罵死吧。」像是意猶未盡，陳3又補一句，「這理由超老氣耶。他該不會還說什麼妳值得更好的人吧？」秋蓮沒搭話，她想起阿一說這句話時眼裡浮現的悲傷，裡頭有短暫失去控制後透露的脆弱。這份帶有溫度的情緒，過去都被硬生生隔絕在冷酷的視線後面，拒絕被親近，並且隨即又被埋進細小的雙眸之後。

可是心碎好久無法痊癒的卻是秋蓮，真是太不公平。

她寫過不知道多少封信，經常寫好又刪掉，然後重新打起草稿，花幾天再三修改，反覆推敲字句，最後慎重按下寄送鍵。

事後她也曾懷疑，這會不會是阿一臨時想出來脫身的藉口，所以才會聽起來這麼荒唐？

而她更不敢去想的是，自己其實是阿一隨手抓來的替代品。特別是每當想起前女友放在網路上的照片所散發的自信神采，如同向世界宣告她值得擁有任何東西的模樣，都讓秋蓮把自己縮得更小、更緊，更解不開。

那段瘋狂的時光中她寄出的信，從來沒收到回覆。秋蓮想打電話，但阿一絕對不會接的，反而會開始討厭她。她知道會這樣。

「可不可以不要把最後一絲絲好感都用光？」阿一在最後一次通話時這樣說，讓她怕極了。原來他心底還存有一絲絲好感，聽起來還有希望，但是又好少好少，少到比一根頭髮還要細，一扯就斷。

秋蓮想把阿一的電話號碼從手機裡刪除，可是狠不下心來，便把號碼抄在筆記本上。過幾天發現這樣還是不行，於是她把本子那一頁和前一頁塗滿膠水，黏在一起。每當翻開本子都會摸到膠水乾掉後的頁面，一塊硬硬的疙瘩夾在紙頁中間，猶如糊在蒼白的胸口，她卻遲遲捨不得撕掉。

依稀記得那年是嚴冬。

那個禮拜冬天才剛剛開始佔有整個世界，下班走在路上時，秋蓮抬頭看到一顆氣球獨自飄在高樓之間，越過重重招牌。阿華炒麵、榮興自助餐、美之泉早餐店、清新茶飲，紅色氣球接著升到更高處，幾乎要觸到天空，最後飄離視線。綠燈再度亮起，秋蓮跟著人潮前進。快到家時，她一鼓作氣把筆記本丟進路邊的公共垃圾桶，快步離去。這大概是那段時間裡，她唯一果決的一次。

隔天到公司時，秋蓮才想起來之前跟客戶開會的紀錄寫在筆記本上。那段日子，她的生活就是過得像這樣一團糟。

午休時間，秋蓮在文具行買一本新的，酒紅色封面。放手後，她再也沒有阿一的號碼，像放開繫在氣球上的繩線。

最後她根本搞不清楚到底是在寫信給阿一，還是為寫而寫。電子信箱的草稿匣裡有無數封未完成與未寄出的信，如同她付出的情感被全數退回，成為無用的東西圍繞在自己身邊，漸漸築成牢籠。

一個禮拜、一個月、一季，秋蓮慢慢不再寄信給阿一，但還是維持寫信的習慣。寫信的對象換成自己。按下寄出，叮咚，信件抵達，點開。

再次鼓起勇氣寫信，已經過一年多。生日快樂，她在信裡這樣寫。這次阿一回了，親切有禮，附上客套的問候與祝福，像是寫給客戶的信。

到這邊就好了，不能再跨越任何一步。秋蓮提醒自己。

「你笑吧。」

「沒什麼好笑，誰戀愛時沒有這種時候。」陳3把三明治塑膠袋捏成一團。

「連我自己都覺得好笑。」

「我還聽過更誇張的。」啵一下，陳3用吸管戳破奶茶的封膜。

丟掉筆記本後，又過幾個月，秋蓮把信全數刪除。不管是收件匣、寄件備份或草稿匣全部清除一空。她不再寫信，包括寫給自己。不再在身上帶著筆記本，只用便條紙，寫完一張扔掉一張。

這些都是十二年前的事。

十二年。時間久到秋蓮一時想不起來那之後還經歷過哪些事。

人是不會改變的。

人是會改變的。

這兩句話說的都沒錯。

只是因為時間太長，不易察覺自己的改變。而過去的自己已然消失，亦無從印證。除非留下證據。

而阿一就是證據。

阿一不但沒有把她從聯繫人名單刪除，而且寫信來。

「想跟妳說聲抱歉。」信件開頭除了制式的問候，第一行裡這樣寫著。

簡單說來，信裡的意思是很抱歉當初那樣對待秋蓮，由於身心狀況不佳與各方面的透支帶給秋蓮的傷害，即使過這麼久依然讓他耿耿於懷。

這是一封遲來的道歉信。

再次仔細讀完後，秋蓮先是笑，然後哭了。

她突然生氣地想到阿一連接電話的語氣都嫌棄過，說她的聲音不夠有活力，音量太微弱。

這是一個沒有愛情的愛情故事，儘管她投入許多情感，但那些到底是什麼？只是兩個人各自往不同方向投擲各種期待，最後絕望地落空，發出讓人困窘且煩躁的愚鈍悶響。

經過十二年，當初受到的委屈終於得到平反。加諸於自身的指控、種種的忍耐、一再退讓、莫須有的責怪，這些都是當初所愛的人施加在秋蓮心靈上的擠壓。她花了好長的時日才消化完，重新站起來，狼狽前進。這些，原來阿一都知道，而且沒有忘記。

也原來，不是只有她耿耿於懷。

從胸腔深處緩緩吐出一口氣，當時未來得及說的話、沒想到要說的話、忘記如何說的話、不敢說出口的話，都隨著這口氣從身體裡傾洩而出，飄升到空中，透明。

緊接而來的是更為殘酷的問題從心底升起，讓她不得不面對：為什麼要去承受這些？

沒有人強迫她，她是自由的，有選擇的權利。每一天、每一次，她都有機會轉身就走，阿一絕不會留住她。

可是也就因為知道阿一不會留住她，所以她硬是待了下來，沒有離開。她以為能證明什麼，但到頭來什麼都沒有。所有的傷害並非阿一獨自造成。

這封信似乎迫使她回頭看見當時不堪的自己。

對不起。讀著這三個字，秋蓮才發現過去她從來沒有原諒自己，但因為這封信，她似乎把握緊的手漸漸鬆開。而原本被強行埋進心底的記憶，也就是從那時候開始擴散開來。在她吃飯、洗衣服、照顧孩子、走路時，會突然閃現過往相處時的畫面。睡眠時，夢見由記憶重新組合過的場景，勾動心中刻意忽略的傷痛。所以她在夢裡哭著，眼淚漫漶到清醒的邊際。

那段時光沒有逝去，只是靜悄悄成為秋蓮的一部分附著在身體裡。她發現身體是一座山，積累不同質地的記憶礦層，除非有心挖掘，否則是可以輕易用外在的障眼法隱蔽的。

可是這些都沒辦法對先生訴說。

秋蓮一次次把心事咕咚吞下，讓生活一如往常。實際上生活也不會有所改變，那只是如同舊疾久違復發，過去就好了。

這十二年，阿一辭去工作，搬離這座城市。結婚，比秋蓮早兩年。這些她早就從朋友的朋友那裡聽說，結婚對象是瑜伽教練。

瑜伽教練，想必是擅長操作與鍛鍊身體的人，可能也熱愛登山。這是否代表阿一已經從黑暗之處回到陽光下？

此外，沒有更多消息。阿一離去得相當徹底。

有一年公司主管住院開刀，秋蓮抽中黑籤被推派為同仁代表，負責提著水果禮盒和禮金去探望。醫院離市區有段距離，捷運無法抵達，只能搭公車。

回程時，公車行經路線彎彎繞繞，從四線道大馬路駛進分支道路，經過一所國小，操場的跑道是彩色的。等秋蓮意識到的時候，車子已經開進阿一家附近的社區。他們去吃過的麵攤和快餐店、走過的巷子、買日用品的超市、分手時的公園，最後公車從阿一家門前疾駛而過。那是阿一已經搬走以後。

門口永遠結不出果子的金桔盆栽已經移走，貼在門上的海報被撕掉。新的租客是做網購生意，雖只是匆匆一瞥，還是能從敞開的門口看見堆積如山的貨物紙箱。門口豎著一根旗桿，上面是大出清的字樣。

秋蓮坐在公車後排如同經歷一趟最後的巡禮，把迄今為止努力視而不見的痛楚都再次經歷，無法止住的眼淚讓她尷尬不已，幸好旁邊的乘客專注玩著手遊，毫無察覺。下車後，經歷從時光的洞穴中艱辛地迴返，秋蓮全身注滿乏力的虛脫感。

有時候再想起阿一家，第一個想到的便是書架上的音樂盒，腦中會自然浮現船歌的旋律。不知道阿一搬走的時候，有沒有把音樂盒帶走？

那個音樂盒是秋蓮在開始工作後，第一次存夠錢，和大學時的室友一起出國玩，在當地買回來的紀念品。因為剛出社會，荷包吃緊，五天四夜的行程只買了那個。路邊讓人眼花撩亂的飾品她都沒買，當地知名的蠟染服飾也是試穿完又放回去，連機場免稅店都不敢踏進去。

「就這樣嗎？」陳3問。奶茶喝完了，剩下冰塊在杯底。

「還有。」

「還不快說。」陳3看看時間，差不多得回去上班了。

「他問要不要約見面。」

13

這個月內接連來兩次颱風。第一個颱風確實登陸後，狂風尖銳的呼嘯不時從窗邊劃過，窗戶和窗框之間不起眼的縫隙不斷傳來輕微震動。吃完晚飯，洗過澡後，就在一天即將結束時，秋蓮帶小敏回到房間準備休息，發現對外的牆壁接縫處居然滲入雨水。

秋蓮把牆邊的桌子挪開，從窗緣到牆角仔細檢查，看不出任何明顯的漏洞。雖然水量不驚人，但隨著雨勢持續，積水面積逐漸擴大。用抹布把水擦乾後，過一會兒，又形成一灘積水。不過秋蓮一開始就不打算告訴公婆，至少今晚先不要。她不想讓寧靜的夜晚因為兩位老人家一下跑進來東看西看，一下議論紛紛而變得吵鬧，況且小敏差不多該睡了。

最後一次用抹布把水擦乾後，秋蓮從衣櫃翻出先生很久沒穿的舊衣服鋪在積水處，再把桌子推回去遮住衣服，完成復原後就不再理會。

秋蓮自幼就不喜歡在太安靜的地方入睡，些許的噪音反而能幫助睡眠。電風扇的嗡嗡聲、洗衣機轟隆轟隆的運轉、鄰人音量過大的電視機、鄰近施工的機械聲響，她往往在這些聲音包圍下睡得格外香甜。

像這樣的雨夜，不明所以的嗡鳴交雜銳利的風聲，是秋蓮最喜歡的聲音布置。而且因為知道外頭被風雨攪得天翻地覆，窩在被子裡更顯出屋內的乾爽與祥和，幸福感倍增。

小敏可能遺傳到這一點，所以即使平常客廳電視開得再大聲、婆婆走路的拖沓聲、公公連連打嗝，都不會影響她的睡眠。

隔幾天到訪的第二個颱風威力較小，而且主要勢力範圍在外海，所以風雨不大，可也確確實實下一天雨。

次日早上，天空不甘心似地斷斷續續飄著毛毛雨將世界的色澤染深，不過中午之後就一掃陰霾，陽光全面性回歸。

那天是週五。傍晚過後先生下高鐵回到家，吃完重新加熱的飯菜，摸著日漸凸起的小腹，興致勃勃提議週末去爬山。

說是爬山，其實只是到接近山的模樣的步道走走。小敏年紀還小，腳力不夠，不可能進行真正的爬山活動。他們甚至連合適的鞋子都沒有。

進房間後，先生躺在床上滑手機搜尋步道的入口、交通方式，以及網友推薦的半日行程玩法。突然間，視線餘光瞄到桌子底下的衣服，先生直接用腳趾把衣服勾出來瞧。秋蓮這才想到之前放在桌子下吸水的衣服忘了拿出來，怪不得第二次颱風來時沒察覺到漏水的問題。她跟先生說明，不過先生完全不以為意。他平常就是粗線條的個性，連自己有這件衣服都不記得，如果不說，會還以為是別人的。

縮成一團的衣服像蹲伏在地上的動物認分地窩在一旁，而衣服的主人也是。他對父母的話唯命是從，對妻子的要求盡力完成，對女兒百般寵愛，心甘情願為家人而活。

先生睡著後，秋蓮看著他圓潤的身體隨著呼吸起伏，浪潮般的鼾聲如期傳來。呼，咻，呼，咻，規律響起，龐然的身體形同音箱演奏著名為身體的樂器。突然間，她的視線落在先生領子後方，是一個破洞。可能因為在後面，所以先生沒有察覺。不過就算知道，以他的個性來看也不會多加理會。秋蓮突然心生憐惜，想到差不多該幫先生買新衣服。

夫妻倆一週有五天沒住在一起，不知道先生住在外面的衣服夠不夠替換，是否都有好好清潔、摺疊？雖然每週都會把髒衣服帶回來洗，不過到底有沒有確實整理，有沒有全部都帶回來，也沒辦法確認。

隔天出大太陽，遼闊的蔚藍在至高處鋪展開來，帶來全新的氣象。秋天最後一批蟬鳴從遠方不知名的樹梢傳來，熱烈而響亮，讓人不由得興高采烈。

沿著山勢鋪設的步道被無數人走過，階梯式的路面在長期磨損下，中間的部分已經凹陷，底下的土壤堅硬厚實。一家人踏著前人的足印往上走，小敏讓先生牽著走在前頭，秋蓮提著水壺跟在後面。偶爾看到顏色罕見的花朵或是市區裡不常見到的毛毛蟲，小敏好奇地蹲下來觀察，想知道它們的名字。先生和秋蓮都是一問三不知，只好跟小敏說先用手機拍下來，回家再慢慢查。

上坡路段完成後，接著是平坦而彎曲的路徑，沿途色澤駁雜的樹木投影出破碎陰影帶來適當的陰涼。仰望枝頭，葉片受光的那半面晶亮得教人吃驚，彷彿整棵樹木的生命力都聚集在那兒。

他們一路走走停停，後來小敏嚷嚷著腳痠，先生只好使出渾身解數逗她，才勉強又走一小段，最後還是爬到爸爸背上。過一會兒，終於抵達這條路線的底端。簡易的木棧露臺設有座椅可以眺望風景，雖然距離不遠，但難得從高處一覽腳下的市區還是讓小敏興奮不已。秋蓮平日沒有運動習慣，走到這兒，明顯感到肺部抗議般用力壓縮，一下子喘得說不出話來。等調整好呼吸後，她很快把背包裡的飯糰和果汁拿出來，全家在此享用愜意的野餐。

颱風離開後，專屬於秋天的涼意也被沖散，氣溫比之前高，但依然不減小敏與先生的興致。父女倆指著眼前迷你的道路、車輛和房屋，觀察如同砂礫般微小的人們穿梭其中，像是發現新世界般嘰嘰喳喳討論著。休息一陣後，開始收拾東西準備下山。背包裡少了先前攜帶的食物，重量減輕許多，秋蓮的腳步也加快了。

原本先生還想再轉入另一個步道，步行約十五分鐘可以看到鄰近蜿蜒的河川。不過小敏頻頻揉眼睛，一臉睏意，這個提議只得作罷。

下山後，步道出口以幾家小吃店為主形成簡單的商圈。他們在路口瀏覽各家招牌上寫的品項，先生提議去吃中間那家鍋燒麵。店面雖小，但頗乾淨。店裡有個年紀與小敏相仿的男孩，大概是老闆的孩子。坐下來後，他們點了兩碗鍋燒麵三人合吃，另外加一份小菜。小敏特別喜歡意麵的香氣，每次都吃得津津有味。

口味的部分，小敏有許多地方和秋蓮相似，喜歡鍋燒麵和可頌麵包，不喜歡味道太濃烈或太酸的水果，好比百香果和鳳梨。但先生愛吃的奇異果小敏倒是非常喜歡，從小時候第一次吃到以後就愛上了，一口氣可以連吃兩個。還有秋蓮向來敬而遠之的韭菜，小敏和先生倒是很能接受，還特別愛吃韭菜水餃。

小敏先吃飽後，忍不住跑去男孩旁邊看看，他正蹲在紙箱前擺弄著裡頭的東西。原來裡面是隻帶灰色毛斑的兔子。男孩分給小敏一片菜葉，用手指一指，意思是讓她丟進箱子裡餵給兔子。儘管兔子不太領情，兩個孩子仍舊熱衷看著。

吃完麵後，小敏睏意更深，連秋蓮都有些疲倦，一心想趕快回到家裡。回程的車上，天色如實描繪上一層一層濃厚色澤，降低彩度。他們彷彿坐上一輛駛入暗夜的車輛，前往未知的方向。

小敏在秋蓮和先生中間打起瞌睡，一會兒靠在爸爸的肚子上，一會兒靠在媽媽的手臂上，無憂無慮的安詳神情惹人疼愛。

車廂外明確暗下後，車窗上清晰浮現出秋蓮的臉孔，她在半睡半醒中凝視著自己，突然一陣莫名的恐懼襲來，不確定自己到底身在何方。

就在這時，先生伸長手臂搭在秋蓮的肩上，摟著母女二人。雖然他的視線仍直視前方，但溫暖有力的手掌透過衣服貼在秋蓮肩頭。

這一家三口很久沒像這般緊緊靠在一起。在搖晃的捷運上，他們維持這個姿勢久久依偎著。

14

莉莉的兒子已經上國小，生性熱心的莉莉自願擔任家長會代表。有時候班上舉辦活動，她會特地請假臨時去充當志工媽媽，協助老師進行課程或是幫忙拍照做紀錄。

莉莉結婚時秋蓮是伴娘之一。

秋蓮和其他幾位當伴娘的好姐妹跟莉莉約在婚紗店會合，雖然不是最貴的一家，但是也算中高價位的等級，進門就先送上一人一杯香氣四溢的玫瑰茶和一疊酥脆的蝴蝶餅。專員推出事先準備好的衣車，上頭掛了幾件款式供挑選，最後她們選中紫羅蘭色的那套。伴娘的禮服一律是無肩帶的款式，花色有些許變化，但遠看之下幾無分別。不過那是秋蓮第一次穿上有若童話公主的禮服，連鞋子都不知道要怎麼搭配，還專程去挑一雙好穿好走的粉色皮鞋，人工皮面亮得不像話。

婚禮當天，伴娘早早就到莉莉位於市中心頂樓的家裡。這個老社區的屋齡雖高，可是每一戶門面都光潔，樓梯間也不見灰塵，每一扇門後面都是家境優渥的人們。只有這等階級的住戶才會在高樓林立的市區仍住著五樓華廈，不用去擠在人口雜亂的社區大樓。

婚祕替大家穿好禮服、完成梳化後，大夥兒在莉莉家靜靜等待良辰吉時到來。莉莉的婚禮沒有鬧劇似的遊戲，一切簡單而莊重，就連莉莉的媽媽也是，秋蓮第一次見識到雍容華貴這個詞如此適合形容一個人。特別是莉莉媽媽高領的禮服襯托出優雅的氣質，連看似不經意戴在頸上的珍珠項鍊相形之下都黯然失色。

婚禮小物是訂做的飾品，每位賓客座位上另外擺著新人婚紗照製作的明信片，菜色當然沒話說，譁眾取寵的上菜秀也免了，並且一律婉拒禮金。

宴席中場，秋蓮陪莉莉回飯店樓上的房間換一套婚紗。穿了一整天的無肩帶禮服，到這時候已經有些滑落，秋蓮一直下意識把衣服往上拉。莉莉還趁著空檔，很有經驗地替秋蓮重新調整禮服、整理髮型，好像秋蓮才是新娘。

莉莉跟秋蓮就是這樣要好。

第一次見到莉莉，她蓬頭垢面在廚房裡忙，滿手油膩，連瀏海蓋到臉上都沒空整理，絲毫看不出是來自富裕家庭，一點架子也沒有。不過秋蓮和她真正要好起來是在分手以後。

秋蓮當初做出這樣的抉擇時無暇考慮後果，不知不覺中就變成這樣。回過頭來細想，心裡並非沒有某種程度的惡意，但是卻帶來意外的好結果，這多半是莉莉的善良所致。秋蓮這麼深信著。

有一回在阿一家，剛好阿一在洗澡，樓下電腦開著。秋蓮從二樓下來拿忘記帶上樓的隨身包，無意間瞥到螢幕上的檔案。她不知道阿一有寫日記的習慣，或者是作為日常筆記而已，但上面確實寫出類似內心的獨白，而大部分的話是阿一不曾對她說的。那些是從嚴實的高牆後洩漏出的線索。

秋蓮緊張得全身發抖，站在螢幕前面讀著word檔上的文字，大腦卻一片空白沒辦法流暢理解文意。樓上繼續傳來廁所嘩啦嘩啦的水聲，知道阿一暫時不會出來後，她伸出顫抖的手指滾動滑鼠，一頁頁讀著，卻又一點都讀不進去。一行會陡然分成兩行，又突然跳到下一行，目光怎麼樣都沒辦法集中。

突然間，螢幕上出現莉莉的名字。

秋蓮腦中沉默地轟鳴。不知過了多久，她趕緊放開滑鼠，走回二樓，假裝什麼事也沒發生回到自己的電腦前。阿一從廁所出來時，抱著剛洗好的飲水機，全身都是水珠，好像他和飲水機才剛共浴。還沒穿好上衣，阿一先把飲水機裝回原處，接上定期送來的水罐。咕咚咕咚，水聲從圓胖的瓶身傳來。

那件事過沒多久，他們就分手了。雖然阿一對此事根本不知情。

秋蓮在面對洪水般氾濫的情緒時，打遍每個朋友的電話號碼，四處訴苦。直到走投無路之際，想起莉莉。

後來她經常去找莉莉聊天解悶，一方面私心希望能在店裡跟阿一不期而遇，一方面想知道阿一是否會來找莉莉。倘若阿一對莉莉真有所行動，她當然希望能暗中阻止。

莉莉忙的時候，她在旁邊滑手機，幫著做點雜事。莉莉閒下來時，有時候切一塊鹹派當作謝禮。後來就連莉莉放假日，她們也會相約逛街買衣服，偶爾還交換衣服穿。秋蓮都忘了一開始是因為阿一的緣故才去找莉莉。時間一久，甚至忘了阿一對莉莉懷有好感。

在日記中，阿一露骨寫出自己對莉莉的遐想。只是秋蓮不知道他為什麼從來沒跟莉莉告白，反而選擇她？而他們交往時與交往後，阿一都不曾去過店裡。這麼長時間以來，阿一唯一一次去店裡，就是他倆遇見的那次。而阿一之所以被算做常客，是因為跟另外一位店員熟識的緣故。他們有共同的音樂喜好，偶爾會交流對新作品的感想。這些是秋蓮後來輾轉得知。

莉莉在他們分手後才知道阿一曾和秋蓮交往。不過她聽到時繼續忙著攪拌醬汁，雙手一刻都沒停下來。秋蓮找她，是因為渴望能找到認識阿一的人，和那個人談談阿一。事實上在她和阿一之間有交集的人際關係不多，因為交往的時間並不長，加上阿一埋首工作，就連一同出席朋友聚會的次數都是零。可是莉莉知道阿一這個人。

只是秋蓮沒想到也僅止於此。

莉莉對阿一的存在不抱有興趣，缺少積極了解的動機，連他的長相都記不得。可是她在乎秋蓮，所以認真聽秋蓮說話，幫著她罵阿一。

後來莉莉交了幾個男友，秋蓮見過，在店裡遇到時會點點頭打招呼。不久後莉莉離開店裡，轉換跑道到私人企業上班，家裡的公司準備之後讓她幫忙接班，要她先去歷練一番。她做起跟先前性質完全不同的工作，加班次數因而越來越多，和秋蓮見面的頻率才漸漸減少。

有一次在朋友的邀約下，秋蓮頭一回參加有現場ＤＪ的舞會，地點是在新開闢的閒置空間。那裡過去曾經是設置大型機械與生產線的廠房，後來產業被新技術取代，老舊設備相繼撤除，由市政府提供給不同的活動與團體租借。

那天晚上從七點開放入場，直到深夜，每個小時都有不同的ＤＪ秀。除了賣酒的簡易吧檯，串燈之下有簡單的小吃讓玩累的人填飽肚子。燈光昏暗的派對現場不時有七彩的投射燈帶來炫目效果，震耳欲聾的音樂連堅硬的水泥地都能感受到搖動。人們浸泡於音樂中舞動身體，好似游泳揮舞著手臂划動空氣中的音樂，暫且忘我地放縱。

不擅長跳舞的秋蓮整個晚上都找不到約她來的朋友，雖然有幾張熟面孔，但沒熟到能一起玩樂，話都沒辦法說上幾句，連臺上的音樂都是陌生的類型。膽怯的她告訴自己，反正沒有認識的人，就放膽跳跳看吧。像是要擺脫分手以來過度堆擠的情緒，秋蓮先是模仿旁邊的人擺動手臂，跟著大家輕輕隨節拍跳動。稍微晃動頭部時，能感覺到髮梢劃過耳際，最後總算做出類似跳舞的樣子。在喝完一瓶酒後，膽子更大了，擺動的幅度隨著音響傳來的重低音漸次增加，身體強烈搖晃，在燈光與音樂的襯托下，整個舞池如同一杯快速攪拌的雞尾酒。低鳴，旋轉，包圍。身體裡沉重的部分彷彿藉此拋離地面，變得輕盈。

這時臺上的ＤＪ突然將音樂轉換氣氛，播放那時很流行的抒情慢歌。這突如其來的一擊使得秋蓮在舞池中央被擊垮。她的眼淚不聽使喚流出，身體則像斷線的木偶垂下來，連旁邊不認識的人都忍不住上前關心。

稍微穩住情緒後，秋蓮捂住滿是眼淚的臉孔撤到一旁，倚靠在牆邊。最後為了呼吸新鮮空氣，她蹣跚地走到戶外。不過主辦單位臨時擺置的桌椅都已坐滿跳舞跳累的人們，大家三三兩兩談笑喝酒。突然，她聽到一聲叫喚，回頭一看，正是莉莉。

莉莉穿的和平時不太一樣，臉上的妝濃豔許多，碩大的耳環猶如另一對耳朵垂在臉頰兩側。可能是酒精的作用，莉莉的雙頰比平日更紅潤。不知道是因為音樂或酒的緣故，還是濃妝或衣服的關係，那天的莉莉不太像平時認識的莉莉。也許是錯覺，莉莉刻意保持有些冷淡的距離。聊沒幾句後，莉莉就被朋友叫走，再次留下秋蓮一人。

沒待到舞會結束，秋蓮頂著遲來的夜風在路邊等很久才終於招到一臺計程車。車身的油漆斑駁，車內座椅露出泛黃的縫線，開在不算顛簸的路面，車身仍然不時輕微震動。有一刻秋蓮相信自己會和這臺破車一塊兒散成碎片，再也無法拼湊回去。

回家後，換下衣服。那套有亮片的洋裝之後沒有機會再穿過，隨著日後搬家，被當作累贅物丟棄。

舞會之後，她和莉莉還是經常聯繫，只是見面時都沒開口提到那天的事。

莉莉比她早進入婚姻的殿堂，生孩子。一路上猶如秋蓮的姊姊在前頭提前體驗人生，並且慷慨分享甘苦談，為家中只有哥哥的秋蓮帶來不少精神上的陪伴與安慰。就連邀請秋蓮擔任伴娘，都是她深具祝福的心意。

秋蓮與先生相遇、認識到步入婚姻的每個過程莉莉都知道，甚至經常是她頭一個分享的對象。

所以收到阿一的信，秋蓮曾想過要告訴莉莉。不過忙著在學校當志工、家長代表以及上班的莉莉就和進入到這個人生階段的朋友一樣忙碌。打電話時，十之八九聯繫不上。而用訊息打起字來，還真有點不知怎麼說起，說不定莉莉連阿一這號人物都不記得。也因此這件事後來就不了了之，沒再跟莉莉提過。

15

當年莉莉介紹秋蓮去學商務英文，上課的外師是莉莉的曖昧對象。課程以學期為單位，上課地點在大學分部的校區。

上學期開始，夏天進入尾聲，坐在教室裡仍有一股白天餘留下來的暑熱，就算開冷氣也能感受到。有些人一副剛下班的模樣直接過來，身穿筆挺的裝束和僵硬的皮鞋，彌漫著工作一天後的疲倦，這些加起來讓教室更悶了。有些人一身休閒打扮，有著學生模樣，但又過了學生的年紀，不過也很難說。另外有幾位長輩退休後仍秉持活到老學到老的精神，順便學點東西打發時間，各個看來都保養得宜。

到學期中，學員之間的氣氛漸漸熱絡，下課時間三三兩兩交談，課後也會私下聯繫。不過那時候莉莉已經不再跟那個老外來往，說是兩人的觀念差異太大，聊不太起來。而且莉莉那時起了結婚的念頭，所以毫不猶豫放棄浪費時間在這種不可能的人身上，迅速展開搜尋模式，尋找理想對象。以莉莉的條件，長輩們都搶著替她介紹。

學期結束前，照慣例舉行考試，通過的人才能報名進階班，否則下一期仍得留在初階班，因此課堂的氣氛變得嚴肅些。大家不是抓緊時間做筆記、複習，就是趁空檔時機討論問題，每個人都有各自的原因必須通過考試。秋蓮為此犧牲幾個週末到K書中心準備，後來發現K書中心座位實在太難搶，大家都是一大早就去門口排隊，而圖書館的座位同樣供不應求。最後秋蓮只好到喬打工的便利商店讀書。

喬會先幫她佔好靠窗的角落座位，那邊不容易被進進出出的客人影響，而且旁邊有插座，頭頂上剛好有盞燈。喬有時候還偷偷泡杯咖啡給她喝。每當讀累了，一抬頭，眼前就是窗外流動的街景，愜意中有忙碌，是小日子的氛圍。

「欸，去相親吧。」喬說。

秋蓮白了她一眼，繼續背單字。相親聽起來是父母那個年代才有的事，而且會去相親的不都是情場上慘遭淘汰的殘兵敗將嗎？淪落到相親，有種自己沒人要的感覺，實在不想承認。

「就當作是聯誼啊！」喬推推她的手臂，「只是換個講法，不要這麼拘泥用詞，意思是一樣的。」其實是喬想去，但臉皮薄，不好意思單槍匹馬赴約，想多拉個人做伴。

結果不管是男方還是女方大致上想法差不多，每個人都拉上一兩個人陪著。本來一對一的相親，果真變成一群人的聯誼。

說起來真的非常老套，秋蓮的人生就是如此容易落入平凡中，她和先生就這麼認識了。

學期尾聲的考試到來，街上滿是濃濃的年節氣氛，有些聖誕裝飾還沒拆，各類晶燦奪目的飾品布置著店家。路樹掛上一圈一圈的串燈，明滅之間映照著路人匆匆的腳步，沉默地喧囂著。

同一時刻，教室裡面日光燈白森森照在考卷上。大學椅的桌面窄小，鉛筆盒只能放在腿上。翻閱考卷時，桌子不住地吱吱嘎嘎響。不過總算順利考完。

坐各的有點刻意，所以硬著頭皮坐到同一桌，勉強聊起來。

外表木訥的男士散發親切感，連吃東西的樣子都很誠懇，不知道是不是老實的關係，一下子就把自己的工作、學歷、家裡有哪些人都說完。秋蓮點點頭，沒說什麼。

沒話題，只好拚命吃。男士擠出一坨番茄醬，把雞塊沾滿醬，一口塞進嘴裡，好像餓了一整天。然後又像是突然想起有其他人在場，這才放慢進食速度。

等他們吃完回到包廂，已經有一些人先離開。喬以為秋蓮落跑，幫她先墊了大家分攤的費用後也先行回去。

回程搭車時，秋蓮傳訊息給喬說下次再還她錢，不過喬兩天後才回，劈頭就說，「妳很厲害耶。」

「？」

「人家在問妳的聯繫方式。」

「？？？」

「上次相親的人啊！妳少在那邊裝傻。」

「？？？」

下一秒，急性子的喬直接打電話過來。但因為當天包廂太暗，加上人多，名字記不太住，所以講了老半天，最後才弄清楚到底是誰。

後面的事情就簡單了，毫無懸念，沒有曲折的情節。秋蓮和先生都到適婚年齡，有正當工作，身體健康，家庭正常，各自清清白白，相處感覺不差。一年後舉行婚禮，席開二十桌，婚宴會場附帶主持人，場面通俗溫馨。

秋蓮婚後才知道先生其實會唱歌的。KTV相親那天晚上沒露一手，除了怯場之外，主要是因為他拿手的歌有點年分，唱了怕被大家笑。

還沒有小敏時，夫婦倆騎機車上街，先生會邊騎邊唱，憨厚的表情下有著滄桑的歌喉，沿著街道一路飄散。

16

陳3還沒換帳號名字，倒是換了早餐菜色。

難得看到他點蛋餅加蘿蔔糕，只是吃得有點狼狽。公園傾斜的椅面不好放東西，他一手拿筷子一手端餐盒，就沒手拿奶茶，又怕奶茶灑出來，只好夾在兩腿中間。地上跌落一塊蘿蔔糕，秋蓮看了噗哧一笑。

陳3沒好氣的說，「以後還是吃三明治就好。」

天氣除了涼爽，帶有威脅感的寒意漸漸滲透，出門時得加件外套。小敏穿著稍有厚度的棉褲，長袖衣服覆蓋雙臂，不用再擔心蚊蟲叮咬。去年也是在這時候天氣說變就變，今天還熱著，明天突然冷颼颼。

拿出冬衣時發現小敏長大不少，婆婆事先買的衣服立刻派上用場。等真的冷上好幾天，總會有一個時刻讓人忍不住由衷想著，冬天真的要來了。

冬天對秋蓮而言比較友善，少了蚊子，身體可以隨時被溫暖與柔軟包覆，身心隨之理直氣壯起來。不知道要做什麼的時候，把雙手放進口袋，也不會讓人誤以為是想保持距離的冷淡。

童年時，秋蓮經常羨慕戴著手套保暖的人。柔和的花色，好像隨時可以將冬日的陰霾一掃而空。國小五年級存夠零用錢後，秋蓮在夜市買到第一副手套，是粉紅色的，上面裝飾著如雪的白點，非常美麗的一副手套。可是因為太美，戴上手套後，秋蓮便努力避免碰觸東西，以免把手套弄髒，結果搞得緊張兮兮地，她只得把戴著手套的雙手藏在大衣口袋裡。

之後很少再買手套，但是把手放在口袋的習慣倒是留下來，連她都沒察覺到。直到後來在阿一身上認出這樣的動作，感受到被拒絕的刺痛，便刻意提醒自己得經常把雙手伸出來迎向眼前的世界。

出於補償心態，秋蓮沒給小敏少買過手套。此刻小敏掛在脖子上，左邊右邊各垂著一只手套，正專心爬著遊具。秋蓮自己反倒沒再買過手套。她外出要忙著照顧孩子、緊牽著小手或者隨時要拿東西。然而，或許是因為藉由一連串的勞動讓雙手確認過存在的價值後，內心已厚實起來，不用再透過外加之物給予形式上的保護。

其他小孩吃過早餐後，陸續現身，公園遊戲區瞬間熱鬧起來。家長們都想把握最後能外出的氣候吧。等冬雨一來，遊具成天溼答答的，就很難帶孩子出來玩了。

陳3終於將棘手的早餐解決，小心翼翼把餐盒塞進塑膠袋，以免醬油膏流出來，這才拿起奶茶輕鬆喝起來。還是冰奶茶。

「快說。」

秋蓮向他使個眼色，示意其他媽媽走遠些再講。

「他說要不要約出來聊聊，談談之前的事。」

陳3聽完，做出招牌歪嘴斜眼表示不以為然。

「他不是結婚了嗎？是要聊什麼？」

「可能想化解心裡的虧欠吧。」

「就讓他欠！欠一輩子！」陳3故意語氣誇張地說，「欸，等等，他現在幾歲？」

這她倒沒想過。秋蓮心裡的阿一始終停留在交往時那三個月的模樣，仔細算一下，如今年過四十五。

「有夠老。」陳3毫不留情批評道。確實，陳3比秋蓮小四歲，也就是比阿一小十二歲，剛好差一輪。「真好奇他現在長什麼樣子。」他猛吸一大口奶茶。

秋蓮也是。

為要徹底遺忘，秋蓮那時候不只刪掉電話號碼，連電腦裡的照片都刪光。他們兩人從來沒合照過，因為一直只有她和阿一相處，很少有第三人。阿一並不是會想要自拍的人，秋蓮感覺得出來，所以不曾要求過。

被刪掉的照片裡，其中一張是在山上拍的。

那次阿一心血來潮計畫過兩天要去山上過夜。那時已近秋末，即將進入年尾，是公司正忙的時節，秋蓮還是硬著頭皮說自己剛好有假。其實她是臨時謊稱生病，拜託同期的同事幫忙請假。

平常沒有登山習慣，連件像樣的褲子和外套都沒有，秋蓮匆忙跑去買防風褲。外套則是原有的鋪棉外套，鞋子是前一年參加公司運動會時買的。她還把好幾年沒用的背包從衣櫃底層挖出來，幸好兩天一夜的行李不多。

阿一預計出發的時間很早，先搭火車，再轉客運。秋蓮要去他家會合，所以得更早起。火車出站沒多久，秋蓮眼皮就沉得抬不起來。下火車後，客運站有個阿婆背著保溫箱叫賣飯盒。阿一招手，阿婆問他，「兩個嗎？」阿一愣一下，然後才點點頭，掏出錢包付錢。

飯盒裡是半顆滷蛋、幾片高麗菜、紅蘿蔔絲炒蛋、排骨與飯。阿一三兩下就吃完。秋蓮吃得慢，車來的時候她還沒吃完，只好用橡皮筋隨便綁著，一手飯盒一手行李，趕緊跳上車。

因為是平日，車上空位很多，阿一以此為由，說一人坐一排比較寬敞。秋蓮已經學會在兩人相處時故作瀟灑，被阿一的任何話語或舉動打擊時，就算內心再慌亂，還是能不動聲色按捺下去。所以她拿著吃剩的飯盒坐在倒數第二排，假裝那就是她最想要的位置，全然忘記自己會暈車。

車子駛進山區後氣溫明顯降低，玻璃窗上布滿霧氣，而窗外的樹林也是。秋蓮本想好好欣賞難得見到的高山景致，結果道路比想像中曲折。儘管左彎右繞，司機卻不打算減速，一路勇猛上攀。秋蓮漸漸抵不住胃部的翻湧，猶如車輪輾壓她的腸胃，越來越強烈的噁心感竄上喉嚨。她連嘴都不敢張開，深怕剛下肚的食物一湧而出全吐出來。即使是這樣的時候，她還是直覺提醒自己絕不能告訴阿一。她拚命盯著窗外轉移注意力，又死命閉上眼睛希望能幸運地睡著。

班表上寫著約半小時抵達的車程，秋蓮卻每分每秒都撐得艱辛。

結果還是吐了。

嘔吐物從嘴巴流出之前，秋蓮緊張地四處尋找塑膠袋。情急之下，她打開飯盒，把剛吃進去的食物吐回去，然後悄悄躲在椅背後面把嘴角擦乾淨，便當盒用橡皮筋再次綁緊，並且暗自慶幸阿一沒坐在旁邊。然後她拿起水瓶猛灌，把嘔吐味沖淡，檢查身上有沒有沾到穢物。胃裡能吐的都吐完了，噁心感依舊持續，到那時候秋蓮已經分不清是車子真的在轉彎還是大腦裡的暈眩產生的幻覺。她緊閉眼睛，背後貼著椅子，一動也不敢動，直到車子抵達山上的終點站。

下車時，她一眼看到路邊的垃圾桶，立刻衝過去把便當盒丟掉。隨即捧著仍在翻攪的胃什麼都沒說，急忙跟上阿一的腳步。

入夜後，氣溫下降得更快，身上的衣物根本抵不住寒風，她很後悔一心想省錢沒買老闆娘推薦的那件機能外套，否則也不用在這邊凍得雙手發紅。吃完具風土味的套餐後，他們踏上依傍在樹林邊緣的步道散步。周圍的店家幾乎沒開，所以光害不嚴重。滿天星斗懸掛在樹梢，像是由高聳樹木所撐起的燦亮布幕，他們不由得停在步道中央露臺欣賞。

背後的樹木筆直竄入天際，在黑夜的襯托下，比白天更高也更銳利。樹林間則黑暗得無比深邃，阿一久久望著，像是看見什麼，同時又像被神祕的力量吸引彷彿要走進去。

接下來發生的事，秋蓮一輩子都不會忘記。

阿一突然轉過身來，從後面抱住秋蓮倚靠在圍欄上冷得發抖的身軀。

只有幾秒鐘的時間，秋蓮如觸電般留下永久的印象，那是阿一唯一一次這樣擁抱她。他們的身體貼合在一起，在秋蓮還來不及感受阿一身體的樣貌前就分開了。背後再度吹來空蕩蕩的冷風，甚至比之前更冷。

回到房間，他們沒什麼交談，阿一自顧自打開電腦，不知道在做什麼。老是這樣。

秋蓮只好打開行李，拿出換洗衣物走進浴室。她把熱水注滿浴缸，浸泡在裡面直到全身通紅。水溫漸漸降低，她放掉一些水，再次注入熱水直到滿水線，重新浸泡。幾次以後，秋蓮猜想阿一應該已經獨處得夠久，才放光全部的水走出浴室。

她用最小的風量吹乾頭髮，坐在一旁等待。她以為該會發生什麼，至少肉體的撞擊，就算那很膚淺。結果什麼都沒有。阿一不為所動盯著電腦，不知過了多久，秋蓮在另外一張床上睡去。

她知道阿一睡得很少，可是實際上的狀況並不了解。睡著前，阿一還坐在電腦前面，睡醒後，阿一已經不見了。秋蓮趕緊從床上坐起來，確認阿一的行李還在才鬆一口氣，趕快著手梳洗。

太陽雖高掛天際，對於山上的低溫仍沒有太大幫助。穿過濃濃的霧靄，秋蓮在唯一一間便利商店找到正和店員聊得起勁的阿一。需要展現親和力時，阿一是能夠做到的。多年工作積累下來的經驗，讓他自有一套社交模式能任意切換，健談、風趣且博學。很難有人相信這樣的阿一私底下其實是寡言、陰沉又冷漠吧。

秋蓮進到店裡時，他們剛好聊到在山上輪值的方式。店員一次值班一週才搭車下山休息三到五天，之後再回山上接續輪值一週。在這裡食物選擇項目不多，平常日裡土產店基本上不開張，店家在山下另外有生意經營，等到週末或旺季時才會上山營業，否則只是天天在這兒吹冷風，根本賺不到錢。不過便利商店受限於總公司的合約限制沒辦法任意調整營業時間，就成為這兒最忠實的駐守站。附近少數的人家、森林的養護人員、氣象站員工等，都依賴他們供給生活所需。連他們也經常吃店裡的食物打發三餐，所以生意還是可以維持的。只是看來看去就那幾張老面孔，網路訊號又不穩，有時候悶得發慌，只好看著山發呆，久了以後，都覺得自己真的變呆了。下山後，需要花個一兩天才能恢復頭腦運轉，好不容易回到正常步調，可是過沒多久又要上山。

吃過飯糰和熱咖啡當早餐後，阿一和秋蓮步入人煙更加稀少的山徑。山間的霧氣使得路面溼滑，秋蓮的運動鞋這下一點兒也使不上力，腳底不停打滑。可是小步小步走又怕跟丟，她只好一再加快，小腿痛得都快抽筋了。

阿一穩健走在前方，跟平時拖著帆布鞋走路的感覺很不同。他的登山鞋有些刮痕和之前留下的汙泥，鞋面的皺褶吻合包覆他的雙腳，看來穿過好一陣子，曾勤奮踩踏在山裡。

好不容易走到一處林間空地，左邊可以自枝椏間望向遠方，右邊則是令人看了打心底發毛的鐵絲防護網與警示牌。或許是山路蜿蜒，因此看不到網子的盡頭，也找不到入口，看來圈圍的範圍頗大。趁著阿一停下腳步四處張望，秋蓮乘機拿出手機想拍下阿一，可能是預感不久的將來再難以看到這個一直讓自己追趕的背影。按下快門的瞬間阿一剛好回頭，臉上露出一股怒意，像是看到前面有什麼讓他氣憤不已的事，忍耐已久的情緒一時間沒控制好，突然暴露出來。

阿一獨自走在前頭時看來悠閒的背影，臉上其實都掛著這副神情嗎？秋蓮嚇了一跳，趕緊把手機轉往其他方向，假裝正在拍別處景色。

這是她少數拍到有阿一臉孔的照片。上半身微傾，面帶慍色，伸出一隻手像在拒絕什麼，而一隻腳同時又往前邁開。

另外一張是前一夜在旅館房裡，她坐在梳妝臺前假裝梳頭，乘機對著鏡子拍下她和背後的阿一。這張勉強算得上合照的照片裡，阿一低著頭，瀏海覆蓋面孔，所以幾乎沒拍到臉部。木頭色的房間維持在三十年前的裝潢風格倒是清晰印在秋蓮的回憶裡。

這些照片後來全部刪除，從手機裡和電腦裡。如今真的只剩下不可靠的印象。見到阿一，能認得出他嗎？

經過十二年，秋蓮改變多少，阿一認得出來嗎？會不會他們其實無意間曾遇過對方，然後又錯過？不可能的。根據朋友的說法，阿一過沒多久就搬到別的城市，很少再回來，也沒有理由要回來。

「妳想跟他見面嗎？」

「是你的話，你會去嗎？」秋蓮反問陳3。

冰奶茶喝完了，陳3得回去上班。

「我等一下回妳。」

秋蓮這才發現手機不在身上。

該不會是放在鞋櫃上？房間裡？還是早上泡奶給小敏喝時，不小心放在熱水壺邊？她在腦海搜索著早晨起床後的動線。

這陣子只要手機不在身邊秋蓮就會心神不寧，擔心萬一阿一又寫信來被別人看到該做何解釋。雖然，她不確定自己到底有沒有做錯事。

17

秋蓮和小敏從公園回到家，施工人員剛好也抵達。

老樣子，室外機的問題仍未解決。一個禮拜前放鋼盤在底下接水，不久前被風吹翻，滴水事件又重演一次。

有時候夜裡爭吵，有時候向管委會投訴，樓下鄰居以這樣的形式存在於他們一家人的生活裡。小敏如今快三歲，這件事前前後後拖了三年有餘。結果是公婆先低頭，對於三天兩頭的投訴不堪其擾，決定採用一次性的工程把問題徹底解決。

施工師傅總共三人，一位在陽臺牆壁挖洞，一位負責鋸管子，從洞口接水管到室內排水孔。另一位年紀最輕，看來是學徒，幫打雜。

前一天，公婆把堆積在陽臺的陳年舊物收拾一番，乘機清出兩張舊椅子、長滿黃斑的整理箱、一袋雜亂的金屬零件，連同公公幾年前著迷養蘭花的好幾只舊花盆也收拾好一併拿去回收。幸好公公那陣子投入不深，養壞幾盆，被婆婆講幾句後就乖乖罷手。但朋友有時候約去花市看花，他還是會跟著去湊熱鬧，回家後口沫橫飛講著從別人那裡聽來的蘭花經，過過乾癮。書架上還有幾本養蘭的書供著，公公大概默默期待哪天會派上用場。

師傅三人很快把工具在陽臺上擺開來，插上電源，看來不起眼的機器不出幾分鐘就在厚厚的水泥磚牆上挖出圓洞，夾心餅乾似的把牆的一部分整個兒取下。反而是接水管的過程乍看輕鬆，其實耗時。水管挨著牆邊、沿著地板，彎曲的段落得仔細量測好，一個接一個連結起來，終點是地上的排水孔。三人在窄小的陽臺工作，渾身是汗，不過想必已經建立良好的默契，過程中幾乎沉默，每個步驟精準接到下個步驟，每個工具都在對的時刻使用與放下，俐落地收進工具箱，不出一小時就把鬧三年多的問題搞定。

離開前，年紀最輕的那位把垃圾掃一掃，連他們喝的飲料瓶都裝進垃圾袋裡一起提走，先下樓去開車。挖牆壁的那位負責開收據，接水管的那位收錢。三人合作無間。

這下應該都穩妥了。室外機出水孔嚴嚴實實接上管子，一滴不漏把水導引到室內排水孔，絕不可能再有任何一滴水滴到樓下。一滴都不可能。公公看了看，還朝陽臺下方哼幾口氣。

傍晚到陽臺收衣服時，秋蓮蹲下來看著剛完工的成果，牆洞與水管之間用接著劑填滿，接合得恰到好處。從窗戶往下望，鄰居的室外機上沒有特別異狀，連滴水的痕跡或鏽蝕都沒有。根據她的說法，造成困擾的是聲音。

放眼看去，整個社區規劃整齊的陽臺外側都掛著室外機，在炎熱的天氣裡上百臺機器運轉著驅除惱人的酷熱。每一戶人家看起來差異性不大：同樣的外牆，同樣的格局，很難從窗戶窺探到裡面真實的生活樣貌。

或許真的只有聲音有所不同吧。

偶爾，從牆壁傳來家具拖拉的聲響、無故的短暫敲打、孩子的叫鬧，但不知道從哪裡傳來。因為連同一層樓的鄰居都不一定彼此認識，更何況是整棟大樓。

最常聽到的還是電梯。

每當有人按下電梯鍵，穿透整棟大樓中央的電梯井形成一座長而巨大的共鳴箱。啟動電梯運轉的機械低鳴透過牆壁傳到屋裡，晝夜不息。婚後剛搬進來的那幾週，秋蓮對電梯聲音特別敏感。那些聲音暗示垂直的移動、人們的進出，整日不絕於耳。聲響由高到低，又由低至高，傳遞出機械的加速與減速。但奇怪的是不常真的看到鄰居們，只有聲音留下證據。

至於固定在中庭見到的面孔多半是行動不便的長者，由外傭攙扶或推輪椅下樓晒太陽。每當見到秋蓮帶著小敏經過，那幾雙衰老且泛著分泌過度的淚液的眼睛直勾勾盯著她們，彷彿許久沒見到新生命，會不由自主微笑。有時候他們招招手要小敏過去，但也僅止於此。他們還是沉默著，沒有聲音發出，像是生命的一部分提早暫歇。

施工後，隔天氣溫飆升，秋老虎登場。連日的豔陽曝晒，把先前落一地的葉子晒得又乾又脆，家裡的冷氣又開始運轉。不過應該不用再擔心被檢舉，包括接下來的冬季也是。師傅說，比起夏天，冬天開暖氣更容易滴水。小敏出生以來，為了避免著涼感冒，雖然替她穿防踢被，但冬夜睡覺時還是開著暖氣讓她保暖。後來發現夏天更容易感冒，因為孩子好動，經常玩得一身汗。秋蓮聽浩志馬麻建議開冷氣保持室內溫度。這一點公婆倒是挺大方，不會在該花錢的地方硬要省錢，於是就造成一年到頭室外機都有自然排水的狀況。

晚上通電話時，秋蓮跟先生提起工程的事情，他倒是蠻有興趣，問得很仔細，還要秋蓮趁白天時拍照給他看看。「怪不得人家說千金難買好鄰居。」先生接著話題順勢提到去看房子的事，「就約這個週末如何？」

先生這回比以往積極，甚至已經打電話詢問過銷售處的接待員，事先預約週六早上。可能是因為先生表現出的態度，接待員憑著多年的行銷經驗覺得成交機會高，提議安排在假日熱門時段。還說聽完介紹後，建設公司會聘請外燴廚師到現場請大家享用午餐。

秋蓮頭一回聽到這樣子的招待手法，「因為是預售屋嘛。之前看的是中古房子，不需要這些行銷花招。」先生興致高昂補充，「到時帶小敏一起去，就當作一次親子出遊。」

聽起來確實滿好的，也沒有理由不同意，況且這個建案還是秋蓮先看上的。輪到小敏和先生視訊時，秋蓮在一旁不禁幻想住在新房子的模樣。她將擁有自己的廚房，冰箱可以擺放自己想要的東西，櫥櫃也不會再用來囤積早該丟掉的東西，牆上不必掛農會發的水果月曆。其中一個房間是兒童房，最好直接買上下鋪的床，預備未來第二個孩子可以一起睡在裡面。如果坪數小，書房這類空間先捨棄，確保室內空間夠寬敞才是最重要的。畢竟要住進去的是人，不是家具。如果先生要加班，只要買一張大一點的餐桌，晚飯後，碗盤收一收，就可以權充臨時的辦公桌，反正不可能天天都加班吧。

對新家的渴望隨著想像越來越具體，牆壁的顏色、地磚的花色、燈具的搭配、乾溼分離的衛浴，最好能有小陽臺栽種耐旱好養的植物，多肉植物就不錯。婚前逼不得已堆回娘家的東西說不定又有機會帶去新家。

只是搬離婆家後，很多事都得自己來。

除了打掃、洗衣、採買日用品，想維持全家人飲食均衡的話最好自炊，但這樣一來就很難兼顧工作。下班後，加上通勤耗去的時間，回到家裡如果還要準備晚餐，行程肯定相當緊迫，何況路上還要先去幼兒園接小敏。

如果不回去上班，房貸靠先生的薪水扛，肯定是存不到養老金，能活到繳完貸款就偷笑了，接下來的人生只能依靠年金度日。晚年的唯一願望是千萬不能成為小敏的拖累，這是夫婦倆從懷上孩子後就有的共識。一想到這些，秋蓮轉瞬又被拉回現實。

花三十五年拚命繳房貸換來一間房子，真的值得嗎？不過這時候提這個問題太讓人掃興，她不忍心潑先生冷水。

小敏睡著後，先生傳來建案附近實價登錄的資料。螢幕上一長串的數字，每一組都是天價。擁有一個自己的家原來不是腳踏實地的選擇，而是跟登天一樣難。

還是先去看看再說吧，到時候一定能想出辦法，一直以來都是這樣走過來的。計畫與未來的出入往往比預料中大，可不總是讓人失望的。這是秋蓮活到目前為止歸納出的少數經驗。

18

用手機回信實在不方便，但秋蓮不想用房間裡和先生共用的電腦回阿一的信。秋蓮想保留這一道勉強稱之為道德的底線。

要回信的內容幾天前就在心裡反覆推敲。首先要定調在一派自然的路線，而且有風度。至於是否要見面就難以決定了。

事實上沒有必要見面。

現在的秋蓮有美滿的婚姻、可愛的孩子，人生就算不完美，也不殘缺，不至於人人稱羨，可也沒有明顯的瑕疵。就讓阿一留在過去裡不會有任何影響，說不定還更好。

可是她好奇。

好奇所帶來的感受實在太危險，讓人想突破界線企圖看到結局與真相，忽略伴隨而來的傷害。況且就算知道有傷害，哪怕明知是不該知道的結果，可是好奇帶來的誘惑仍舊強大，難以抗拒。

她好奇阿一在久別重逢後會如何打招呼？會說什麼？

為什麼在時隔十二年，突然想回頭解開打上死結的繩線，當初不是想一刀剪斷嗎？

絕不可能是愛，至少這一點她懂阿一，阿一不愛她。

她不會把阿一貼上前男友的標籤。過這麼多年，她已經明白那三個月裡發生的不是愛情，而是浩瀚星球之間的意外擦撞，以及撞擊產生的爆裂、碎片、火焰、波擊和分離。用中性一點的字眼，阿一說穿了只是個無關緊要的舊識。

她還好奇阿一信裡所說的，十二年前的他到底發生什麼事，使得他會飄忽不定又難以親近？

這些年來，她已經猜得夠多夠久，揣測過數十種可能性。這次秋蓮想聽他自己怎麼說。

那時候阿一在利用她嗎？把她當作浮木隨手抓住，用完後又丟棄。還是阿一曾真的認真考慮過他們的未來？

是什麼讓阿一改變了？

時間？還是另一個女人？

那個女人應該也熱愛登山。那麼她知道這封信的存在嗎？

她更想知道，這個短暫相遇的「舊識」為什麼會在自己心裡久久停駐，並且從她人生中帶走這麼多無法言說卻又無比重要的東西？阿一既不是初戀，秋蓮也自認沒這麼純情，這段記憶卻長年來如鯁在喉。雖然直到現在她還搞不懂被帶走的是什麼，但挖空的感覺卻清晰得難以忽視。

而其中最讓她好奇的是，阿一現在是什麼樣子。

把那時候的照片刪除後，過幾年，同樣是出於好奇心，她上網搜尋阿一。

輸入阿一的名字後，網路上出現很多照片，全都是同名同姓的人。其中一位同名者搭上網路事件的順風車，短時間成為人氣很旺的人物，所以搜尋結果顯示的幾乎都是他的截圖畫面。他甚至還紅到代言生機食品，雖然後來產品賣得不好，但網路上還是留下大量資料。

還有一位同名者開早餐店，店名是「早安一哥」，在網路評價上被一百七十三個人評分，平均得到三點八星。

其他同名的人則沒沒無聞，顯示的多半是社團公演照片、旅遊照、畢業照之類的尋常資料。

為了更準確搜尋，秋蓮憑印象鍵入阿一之前公司的名字，這次終於出現三張阿一的照片。

會議室裡，阿一站在投影螢幕前做簡報，一隻手指著畫面上的數字，另一隻手攤開來朝著同事，似乎相當投入於報告中。照片應該是同事作紀錄拍下的，刊登在公司的網頁上，底下還寫著計畫項目的名稱與年分。

另一張是阿一站在人行道上，行道樹整齊劃分出間隔距離朝向遠方延伸，路因而顯得遙遠，也使得阿一的身影格外削瘦。那是灰色的冬季，他套著卡其外套，縮著脖子，一如往常若有所思看著遠方。拍下照片的朋友上傳到網路相簿，日期是八年前的十一月，背景不具有任何標的物，甚至說在其他國家都有可能。朋友在底下留下的文字是，「一點都沒有變，太厲害了。」不知道指的是阿一，還是所見到的景色。不過照片中的阿一確實沒變，和秋蓮記得的一模一樣，特別是他細小而銳利的眼神與缺乏笑容所勾勒出的剛毅神情。

最後一張，秋蓮看了第二次才認出來。

阿一變得更瘦，雙頰明顯凹陷，戴著一副墨鏡遮住那雙曾經讓秋蓮感到莫名寒意的雙眼，咧嘴開懷笑著。他旁邊有一群朋友，有人手上拿著啤酒，有人比出勝利的手勢與豎起大拇指，可能是在慶功或慶生，或者是單純的聚會。比較特別的是，掌鏡的是阿一。從照片的構圖來看，應該是阿一伸長手臂拿著手機採用自拍模式。這樣開懷大笑的阿一是真正的他，還是從聚會結束後，他又會卸下這張笑臉爬回自己挖鑿出來的幽暗洞穴？看不出來拍攝年分，但是和前兩張相同的是，阿一仍然保有銳利的臉部線條。

再繼續搜尋下去就沒有更多了。

不管秋蓮鍵入英文名字、帳號，任何有一絲可能的代號、關鍵字，都沒有了。到這邊為止，之後是一片空白。

透過影片尋找同樣石沉大海。

網頁搜尋顯示，除卻十二年前左右阿一待過的那家公司，自從他離職後，就沒有其他資料。阿一後來搬到哪裡去，從事什麼樣的工作，成為哪些人的朋友以及重要的他人，都沒有在網路上透露線索。

阿一不只從秋蓮的生命中徹底消失，簡直是從地球上銷聲匿跡。從十二年前那一刻起走入洞穴，過著與世隔絕的隱居生活，相當努力不被人找到，直到現在才重返人世。

就連他的妻子也被隱藏好好的，沒有留下蛛絲馬跡。這是否代表他們沒有舉辦婚宴？否則至少會有出席的賓客拍下照片。可是連這樣都沒有。

阿一所選擇的妻子和他靜靜結婚，生活在某一處，過著極其安靜的生活。

除非改名字，否則現在很難有人能做到這樣。可是阿一的來信確實署名本來的名字，郵件信箱的名字也一樣，都是採用中文名字的英文拼音。

從這一點來推斷，阿一其實沒有改變，還是躲藏在洞穴裡。反而有另一個人和他一樣良好地適應洞穴，或者因為擁有柔軟的身體所以能自在進出洞穴，成為他的伴侶。

沒有更多線索了，剩下的都只是臆測。而且連臆測的材料都相當稀薄，缺少有力證據。

這些過往先在記憶中瀏覽過一遍，秋蓮嘆一口氣，在想像中找到能夠立足的位置後，滑開手機，點選郵件，按下回覆鍵。秋蓮試圖營造出與老友對話的輕鬆口吻，先向阿一在信裡的歉意表達感謝。雖然她很想表現出早忘了這些事，製造雲淡風輕的假象，但她不知道該如何偽裝。事實上這些事情如同鑿刻在洞穴中的壁畫，完整保留著，甚至洞口被石頭封印住，沒有隨歲月風化淡去。

「好啊。」她在信裡回答，要是可以見到現在的阿一，說不定久久無法消散的感覺會像突然曝晒在陽光下的古物，瞬間灰飛煙滅。而她心裡的謎可以在親眼見到阿一後好好被證實，藉此放下心上壓著的重量。

寫信的時候，秋蓮彷彿也一步一步走向自己，雙手觸摸到那份重量的觸感、溫度、形狀。那是一份責備。而責備的對象不是阿一，而是自己。因為當年沒能更好地接住與應對，沒能夠勇敢拒絕與反抗，那樣懦弱的自己讓秋蓮不住地責怪，最後積聚成沉甸甸的重量。

秋蓮用手機一字一字慢慢鍵入，詞語組合成句子，句子串起段落。她的回信其實也是一封邀請，對象是自己。雖然很老套，但她突然有了這樣的體悟。

因為已經構思好幾天，這封信只花幾分鐘就寫完。為了不要猶豫再三，讓這些想法繼續折磨腦袋，秋蓮果斷按下寄出鍵。放下手機後，她起身走向便利商店一整面牆的冰箱，選一瓶沒喝過的茶飲，走到櫃檯結帳。

扭開瓶蓋，灌下一大口，她才發現自己有多渴。

19

「妳要穿什麼去？」陳3每次的問題都能一舉命中要害。

生完小敏後疏於運動，加上生產時已是高齡產婦，新陳代謝趨緩，秋蓮雖然四肢沒有腫脹，唯獨懷孕時被撐開來的肚子到現在還沒消。有很多次她在路上被攔下來推銷健身體驗課程，Amy也邀請她用親友推薦價加入健身會員。不過一想到要把小孩丟給公婆照顧，自己跑去運動，她實在開不了這個口，只好作罷。

照相時，用力吸氣收緊小腹，還能勉強騙過其他人眼目。平常則挑選寬鬆的衣服，盡量不要凸顯腹部的線條，所以不知不覺穿著打扮跟其他媽媽越來越像。長版上衣遮屁股，寬鬆上衣遮肚子，長裙遮腿，飄逸長褲確保呼吸順暢，不用一口氣一直憋在肚子裡。每種款式的衣服都有存在的道理，都有需要的人。

雖然年輕人流行穿大尺寸的衣服，但身形依舊相當姣好，就算用衣服遮住還是看得出來。這跟用衣服當障眼法的人是不同的。

總不能穿得像個媽媽去吧，太丟臉了。

「接下來就是面子問題。」陳3定下這個結論。

衣服要挑得好，讓自己看起來跟十二年前沒差太多，甚至變得更亮眼。「不管想不想贏，沒有人想在前任面前看起來又老又醜。」秋蓮不得不承認陳3說的是事實。

陳3繼續頭頭是道說著，「穿在身上的不只是衣服，而是對自己認同的象徵。」

被他這番言論洗腦完，這下子得好好計畫去挑衣服。只是秋蓮帶小敏到公園的時間是早上，只會經過菜市場，百貨公司要將近中午才營業。如果要去，得編個藉口中午不回家吃飯才能繞去百貨公司逛逛。

假使真的沒時間，或是沒挑到適合的衣服，幸好接下來氣溫只會降，不會升，到時候全身包得緊緊的，走樣的身材就不怕被識破。秋蓮心底一遍遍盤算著。

空閒時，忍不住點開網拍頁面看看最近流行的穿搭。那些女孩臉上展露的神采曾經停留在自己的臉龐過嗎？她不禁懷疑。面對阿一時，她總是垂下頭，視線落在低處，更少抬起頭來站在鏡子前面。

「小孩呢？」才剛解決完一個問題，陳3緊迫盯人丟出下一道難題。

這一點秋蓮不是沒想到。如果帶小敏去，可能聊不了多久，小敏就坐不住想走了。但不帶小敏去，就得拜託公婆幫忙照顧，又要再編一個理由，這種感覺真差勁。一方面，秋蓮想讓阿一看看小敏是多麼可愛的孩子，證明她可以勝任妻子與太太的角色。而且做得不但不差，甚至很好。只是這樣一來，會不會把小敏當成炫耀的工具？秋蓮突然感到一陣心虛。

阿一在信裡說這幾週剛好會待在「這裡」，意思是之後要回去了。至於來這裡的原因是什麼則隻字未提。這又是阿一的典型作風，充滿保留與神祕，更讓人覺得非得見面不可，否則永遠都會被他製造出的謎霧唬得團團轉。

「要不要我假扮成妳老公去嚇嚇他。」陳3還不忘出鬼點子，看來這傢伙真的挺樂在其中。「拜託，我長得不算差，要是換上好看的衣服，走在路上常常會被女生多看幾眼。」

秋蓮故意斜眼瞅著他，擺出不以為然的模樣。不過他說的是真的。

「上次有個來公園運動的阿媽超積極要幫我介紹她女兒，還煮茶葉蛋來給我吃。害我那陣子嚇得不敢在這裡吃早餐。」

秋蓮上下打量陳3，沒有凸起的肚子，因為髮量濃密，髮型也頗講究，這兩點應該就能贏不少人。可惜秋蓮不打算玩這麼大，光是想到要編理由應付公婆就已經夠讓她坐立難安，更別說還要瞞著先生。秋蓮突然後悔答應赴約，惹來一大串麻煩。如果現在要反悔還來得及，隨便編個藉口回信過去就好。這下她的內心又開始天人交戰。

最近只要陷入心情上的焦灼，秋蓮便會下意識滑開手機，茫然看著絢爛的藍光，又關上。而且不管走到哪裡，她都會空出一隻手伸進口袋或包包裡確認手機還在。可是短暫的安心總是消逝得很快。

「你們約在咖啡店，又不是賓館，有什麼好怕的？」陳3又開始亂出主意，「不然帶個朋友一起去，就變成三人聚會啦。」其實這個方法不錯，確實可以避嫌。但問題是要找誰？他們共同的朋友都沒有熟到能擔任這個角色，而且大多數都失聯多年。

如果找莉莉去呢？

莉莉聽到這件事一定是先把秋蓮臭罵一頓，最後還是會向公司請假陪她去，因為向來懂得人情世故的她知道事情的重要性。阿一看到莉莉也會嚇一跳吧。他曾經心心念念的夢中情人過了十二年和前任同時出現，而且還是好姐妹。想到這裡，秋蓮忍不住偷笑，不知道阿一冷漠的表情會不會失守？

不過也僅止於想想，秋蓮不想把事情搞得這麼複雜。這只是一次短暫的見面，他們不會從此變成好朋友，不會帶來任何現況改變，更不會有後來的故事。

也許是半小時，了不起一小時吧，這場見面就會結束。她和阿一之間不是需要花太多時間敘舊的關係。

不是有句話說「最熟悉的陌生人」嗎？他們連熟悉都算不上。因為阿一對自我的保留，秋蓮連他的家人叫什麼名字、住在哪裡都沒聽他提過。而且因為時間過太久，他念過哪些學校、什麼科系也想不起來。說起來真讓人難以置信，她對阿一的所知只有他的名字和那間小小的像玩具似的房子。交往時期，他們真的很少聊天。阿一總是面對著電腦，秋蓮總是望著他的背影。

秋蓮相信阿一對她也是相同陌生。阿一很少問她的事，工作與夢想、過去與未來、朋友與感情，從來沒問過。阿一可以說是根本不了解她。因此秋蓮無從得知阿一是怎麼挑中她的。一切都像機率一樣的純粹，依賴偶然中的偶然。

阿一如同《小王子》故事中的人物，獨自住在那座兩層樓房子的星球上，無父無母無家，什麼都沒有，獨自遙望無邊的黑暗星空久久不語。因為飛行器損壞，被困在秋蓮遇到他的地方，而他正專注奮鬥於重新返航而耗盡全部心力，只好吞噬所有靠近的力量好讓自己存活下去。

陳3上次問了阿一的名字，休息時間忍不住在網路上搜索一番，沒想到真的什麼也找不到。「會不會是假名？」陳3的猜測聽起來也不是這麼無厘頭，因為秋蓮也想過這個可能性。「交往的時候又不可能叫人家把身分證拿出來。」秋蓮那時這樣回答。

「怪不得前陣子新聞上有名人被感情詐騙，後來才知道對方已婚。」

「你們那邊查得到嗎？」秋蓮指指公園後面的戶政事務所。

「幹麼，妳當我們是徵信社喔。要是可以的話，我一定先查那些死沒良心的前任。」

自從收到阿一的來信，原本就淺眠多夢的秋蓮越來越常夢到阿一。

在夢裡面，她依舊被脆弱與無助包圍，站在阿一家前面那條入夜後越顯荒涼的馬路上，不知該往哪個方向走去，周遭燈光異常森冷、稀薄。至於阿一，有時候在樹叢裡的小房屋，有時候是酒吧的地下室，有一次是路邊的矮屋，類似設立在社區門口的警衛亭。總之淨是些小得不能再小的地方，只容得下一人。夢中的秋蓮鼓起勇氣走進屬於阿一的空間，裡頭全是屬於阿一風格的東西散落在房間：樸素耐用的背包、登山鞋、不鏽鋼杯、已經鈍了的鉛筆猶如還餘留沒說完的話；昏暗視線中明亮得刺眼的電腦螢幕、書架上沒有按照高矮順序排列的書，而書架出奇的高，直達天花板；寫過幾頁又被撕掉的筆記本、一大把耳機掛在牆上；躲在沙發底下的襪子像囓齒動物窺伺外頭。地板下與牆壁後面傳來阿一習慣聽的那種音樂，雖然聲音不大，但震動帶來的共鳴足以讓整座房間搖晃，搖晃帶來不安與變動。

每個夢裡阿一都不在，而在電話的另一頭。

秋蓮假裝經過阿一的住處卻不敢停下來，只是放慢速度偷偷瞧一瞧。再不就是走進去後發現阿一又不曉得跑到哪裡去，她著急地拿起電話撥打，可是不知為何常常按錯號碼而得重來。她總是一遍又一遍按捺內心的焦急，想辦法要把數字按對，卻在最後一刻因為按錯數字而得重頭來過。

如果電話幸運接通，即使是在那樣的夢裡，秋蓮耳朵貼著話筒時，心裡仍然清楚知道阿一絕對不會接起的。可是她還是沒頭沒腦拚命打，內心不斷祈求他接起來，因此用力把耳朵貼在話筒上。很用力地，怕遺漏什麼。

她都沒想過，如果阿一真的接起電話，她要說什麼。到頭來，她還是會趕緊掛掉，以免阿一發現是她打去的。和過去她在現實中所做的事一模一樣。

夢境的尾聲，她悵然若失看著那些大同小異的房間，在這股情緒中漸漸醒來。

如果是醒在半夜，秋蓮會在黑暗中握緊小敏。那雙小手會穩固而柔軟地接住她，把她重新帶回這個世界，讓她清楚感受到現實仍安然無恙。

20

預約看房子的這天，秋蓮一家三口計畫搭捷運過去，實際體會交通須耗費的時間，順便讓小敏試試看能不能自己走完這趟距離。

出站後，左邊有一座傳統市場，腥臊與嘈雜隱隱飄蕩在空氣中，許多婦人拖著買菜車在攤位上挑選。不過市場規模不大，樓上是商業大樓，要從巷子走進去才能到攤位聚集的核心。依傍大馬路上以連鎖店面為主，手搖飲料、烘焙坊、日式食堂、火鍋店等，當然還有便利商店。只要有捷運站的地方，幾乎都能見到這類店家的組合提供人們生活基本需求。

過馬路後，路面收斂成巷弄，雖然仍有零星店家，不過從企業連鎖店改換成小吃、自助餐、豆花冰品、烤地瓜等自營小店。到這邊為止，距離建案還要走上一段。

路邊店家慢慢稀疏，住宅氣息逐漸濃厚，他們經過一座畸零地整闢成的公園，中央是造型簡易的溜滑梯。三位年邁的居民在那兒聊天，談話沒有中斷，目光同時注視著他們一家人。接下來轉角處是雜貨店，門口用紙箱擺放幾樣蔬菜，想必客群以附近的老住戶為主。這一區有好幾排舊公寓，沒有電梯，屋齡恐怕有四五十年，住戶年齡分布應該以高齡者為主。雖然過馬路就有菜市場，但對於上年紀的人們來說，要走到那兒買菜拎回來，體力上實在吃不消。經過時，秋蓮往裡探看，果然雜貨店裡還兼賣各項生活用品，門口甚至張貼送貨到府的服務。

途中出現一棟嶄新的電梯華廈，有著時尚的外型與配色，造型俐落的陽臺與大門，還在夾縫中硬是擠出車道通往地下機械車位。這種地主自建的新式住宅容易吸引單身族或是不打算生孩子的年輕夫妻。也是這種取向的人口對視覺風格講究，坪數反而不一定要大，和有孩子的家庭對空間的需求截然不同，所以這類型建案很能符合他們的喜好。

繼續往前走，巷子幾乎到盡頭，再過去就是高架橋，旁邊的店家已經從生活機能為主要訴求的店家轉換成收舊貨的二手用品店，還有一家招牌字體已然褪色的洗衣店和破舊的小廟。即使是假日早上時段，橋上的車流量還是不少，可以想見平日通勤的高峰時段應該會更加壅塞。接待所前面的充氣拱門兀自精神抖擻搖擺著，連同上面的人偶也使勁兒揮舞雙臂，像是要把想像中的人流全都招攬過來。

見到秋蓮一家人，身穿西裝的銷售員上前熱情迎接。等他們一入座立即端出果汁，還拿出焦糖口味的爆米花遞到小敏手中。簡單寒暄後，接待員引導他們到模型前面。小敏對縮小版的房子、車子，還有在中庭泳池畔做日光浴的小人相當喜愛，不時蹲低身子望向窗戶裡，好像這棟高達十八層的模型裡真的住著成千上萬個小人。而在縮小世界裡生活似乎也變得簡單。人們可以盡情享受泳池，悠閒漫步在空中花園，捧著一本書坐在交誼廳，或者下班後坐在陽臺上端著一杯雞尾酒，一輛拉風的紅色跑車正要駛進地下停車場。

其他幾組客人的組成成員和秋蓮家差不多，有可能是建設公司特意安排需求相似的顧客在同一個時段看屋。銷售員勤快地介紹牆面上展示的結構零件，強調防震設計與進口高硬度外牆材質。另外還有特殊氣閥裝置，讓住戶之間的空氣不會透過水管的管道相流通，在急性呼吸傳染病流行的時候能多一分保障。

來到樣品屋時，小敏更是高興得到處跑。從客廳到廚房都得體大方，雖無法忽視空間侷促的缺陷，但設計得無可挑剔。主臥室與兒童房善用每一個角落，盡可能做到魔術收納空間，讓人不得不佩服，就連廁所都裝潢得很高級。在生活雜物尚未進駐前，讓人猶如置身飯店。

沒錯，像飯店，不像家。

來看屋的人都知道，住進去以後絕不會是這個樣子。

到時候客廳會堆滿雜物、衛生紙、廣告信和不知如何分類的文件、小孩亂丟的玩具，牆壁會沾上汙痕、孩子的塗鴉與貼著英文字母海報。若每天善用廚房自炊，不多久就會有油垢沉積在邊邊角角，不管再小心都會在檯面上留下汙漬。房間的衣櫃根本不夠放夫妻的衣服，還有其他想都想不到的備品會膨脹般漸漸變多。

不過人們還是需要一個想像，而這個想像的價值則用房價來計算。每一道照進室內的光線、收入眼底的風景、吸入鼻腔的空氣，都被標上價格。

在這裡，幸福是可以計算並且購買的，相當公平。

回到座位後，更多圖表被鋪在桌上。中高樓層的戶數已經銷售一空，而更高樓層的視野佳，可以越過高架橋眺望河景和朦朧的遠山，只有大坪數的物件。適合秋蓮家的小坪數，並且在預算之內的，剩下三或四樓的選擇，剛好正對高架橋。銷售員聲稱之後加裝氣密窗可以降低車輛噪音，而且他們會幫忙跟廠商談到優惠價。窗簾挑選也很重要，這部分他們也會協助議價，銷售員又補充道。

不過只要拉開窗簾，每天映入眼底的都是呼嘯而過的車輛匆匆穿過他們的生活，像一把把利刃劃破眼前的寧靜，風水肯定不好。基於禮貌，這一點倒是沒人說出口。

其他組客人的桌子紛紛傳出成交的掌聲，銷售團隊當場開香檳慶賀，白色氣泡嘶嘶嘶地從瓶口冒出來，新任屋主滿臉喜氣接受眾人的歡呼。沒多久，像榜單一樣的成交字樣被印出來貼在英雄榜似的牆上炫耀戰績。眼看牆面剩下的空間不多，無疑是替猶豫不決的客人打上一劑強心針，讓人連忙豁出去簽下訂單。

秋蓮家這一桌依然沉寂，銷售員多次以支援同仁為由離開桌邊，留給他們夫妻討論的時間。說真的，這個地方已經是他們負荷的上限，要再好是不可能。議價空間有限，頂多再降一點零頭，不過由於景氣低迷，剛好遇上低利率的時候，「利息這邊可以省下一筆。」銷售員再三強調。

明明就是要多付一筆利息，但是卻說省下一筆，秋蓮悄悄嘀咕著。等房貸付完，夫婦倆已經七十多歲，到了該搬進養老院的年紀。小敏那時候說不定已經結婚，結果好不容易繳完貸款的房子反而沒人住。

還是乾脆不要買，省得這些麻煩，就跟公婆住也沒關係，把買房的錢省下來讓小敏將來出國念書。秋蓮忍不住又開始來來回回猶豫起來。

其實公婆家還有一間空房，是小姑出嫁前的房間，一直沒讓出來。小姑出嫁時吵著說房間要替她留著，不要把她當成潑出去的水，家裡連她可以回來的地方都沒有。婆婆心疼女兒，答應了。那時候大家都不覺得有問題。小姑每次回來，就像從前學校放假回來一樣往房裡鑽，東摸西摸一陣後，再出來到客廳沙發一屁股坐下，雙腿一翹，婆婆正好把水果切得漂漂亮亮端出來。

沒想到後來生了小敏，加上第二胎的考量，秋蓮這才開始感受到空間不足，越來越常偷偷想著，小姑的房間如果能讓出來就好了。可是公婆沒開這個口，秋蓮更不能。如果讓先生去說，小姑也會知道是秋蓮的意思，反而尷尬。

公婆不知道是裝傻還是真傻，就沒想到這一點，一直讓秋蓮一家三口擠在一個房裡。小孩子的學步車放不下，連同其他學習書和玩具堆在客廳，有時候公公還嫌佔空間，婆婆嘮叨著打掃時不方便，讓秋蓮聽得心裡難受。

這半年間，公婆的老毛病和新毛病接二連三冒出來，經常要跑診所拿藥，不然就是到復健科報到，這裡電一電，那裡拉一拉。特別是婆婆淺眠狀況越來越嚴重，公公只要稍微打呼或是翻身就被吵醒，醒來便睡不回去。而公公則是早睡早起，跟婆婆作息大不同，互相都覺得不方便。所以這個月以來，婆婆乾脆睡到小姑房間去，原本的空房現在就不能算是空房，當然更沒辦法提議要這個房間了。

事情的演變自然而然朝這個走向偏去，乍看之下變得必然如此，因此要再導正已然不可能。秋蓮也知道有時最好的解套方式說不定是放手等待，可是仔細算算，他們還有多少時間能等呢？生小敏的時候，秋蓮已經邁入醫學上高齡產婦的門檻，如果要等事事都預備好再生第二胎，到時候年紀更大，想生還不一定生得出來。況且，到底什麼時候才是準備好呢？

隨著時間接近中午，外燴公司架起餐桌，鋪著粉色桌巾的長桌上擺出一道道熱食、點心、水果，布置得色彩繽紛。另外還有一個煎臺，廚師正在煎牛排，服務生一一著手桌邊服務，現場氣氛到達最高點。

銷售員以此為由要他們留下來先吃東西，「吃飽再慢慢看。」小敏伸長脖子看著其他孩子手裡拿著印有卡通圖案的兒童餐具，裡面盛了剛做好的鬆餅，秋蓮實在不忍心就這樣把她拉走，只好厚著臉皮留下來用餐。

不過這一餐吃得真煎熬，吃完後大概又會被繼續推銷，不知道要拖到幾點才能脫身。要是荷包夠飽，就不用在這兒白吃白喝，讓自己陷入尷尬的境地。可是現在想這些有什麼用呢？秋蓮替小敏擦去嘴角的草莓果醬，試著更融入現場的氣氛。

先生看來倒是頗自在，向廚師點一份五分熟牛排，接著晃到飲料區倒紅酒。秋蓮用眼神暗示他趕快找機會離開，他誤以為秋蓮也要一份，於是跑去追加七分熟的牛排，還好心替她倒鮮榨葡萄柚汁。秋蓮急了，他卻一臉胸有成竹的樣子，把秋蓮都搞糊塗了。這下到底是要買還是不買？

「有需要就買。」先生剛切下一塊牛排送進嘴裡。

「講得這麼簡單，這可是買房子，又不是買菜買衣服。」

先生只是向她眨眨眼睛，繼續慢條斯理又切下一塊牛排，沾一點玫瑰海鹽，配著蒜片送入口中咀嚼，一臉享受。

餐點吃得差不多後，小丑登場，先變兩個魔術，接著替每個孩子折造型氣球，活動這才落幕。隨著周圍成交的掌聲越來越密集，小敏已經累得睡著，嘴邊還沾著蛋糕上的奶油，小臉蛋歪在先生的肩頭。

走去搭捷運的路上，小敏手裡的汽球不知何時悄悄飛走。因為累，誰都沒察覺到。那是一個公主模樣的汽球，有粉紅色的蓬蓬裙和一頂黃色小皇冠。

21

「去算一下吧。」

大忙人Amy難得打電話來，劈頭又要拉秋蓮去算命。

「妳不是說算命不準？」

「之前算的不準，不見得這次就不準啊。」Amy講得理直氣壯。

這次是客戶推薦的地方。聽說這個客戶原本家裡財務方面風波不斷，搞得雞飛狗跳，手足之間撕破臉好幾次，加上手邊的案子連續三次都沒過。自從她去找這個師父算過後，現在不只事業運旺，整個人氣色都變好。Amy從進公司以來跟這個客戶業務往來五六年，建立起一些私交，對方才破例把資訊透露給她，不然這個師父平常是不接來路不明的客人。

事業運向來很旺的Amy，加上個性果斷，在職場上所向披靡，照理說已經沒什麼好再奢求。老闆哪一天會請假，什麼時候會發飆，哪個案子會成功，客戶的公司什麼時候會倒，她都掌握得一清二楚，比算命的還準。

「我懷孕了。」Amy突然壓低聲音說。

歷經幾年前不孕門診的煎熬，Amy早就放棄生孩子，全心全意投入工作，也確實爬上高層主管的職位，享有個人辦公室與專用車位的高級待遇。她在公司裡是少見的年輕女性主管，覬覦她職位的人自然也不少。可是這個「年輕」的標準放到懷孕上，反而落在高風險的深處。在這時候懷上了，應該會跌破許多人的眼鏡，等著看她接下來要怎麼辦。

以年齡來說，她真的超標太多。所有染色體異常的問題隨著這則喜訊排山倒海而來，就算安排再多精密產檢還是會讓人膽戰心驚。

「小孩是……？」秋蓮也壓低聲音。

「是我先生的啦，妳在亂想什麼。」

也對，Amy不是那種個性的人，對風流韻事不感興趣。她從以前就只在意學業，出社會後只在意業績和薪水，簡直像沒有感情的機器人。她的老公是標準理工科直男，因為不擅長揣測女人的心事，覺得Amy這類目標明確、簡單好懂的女人相當稀有，很快就把她娶回家。

「其實這要怪公司，誰教他們招待旅遊。」工作表現連年獲得佳績，Amy三個月前終於排出時間，和老公去了一趟公司招待的度假旅遊。因為嫌東奔西跑折騰得太累，夫婦進了飯店後三天兩夜都不想踏出去。泳池、酒吧、健身房等設施，配上加大尺寸的床、按摩浴缸搭配無敵夜景，讓兩人身心徹徹底底大放鬆。

「結果就中了，比去醫院還有用。早知道那時候就不要花這麼多錢看醫生。」連這種時候都精打細算的Amy遇到突然來到的新生命打亂她的計畫，語氣中有藏不住的慌亂。

「那不是很好嗎？還要算什麼？」秋蓮把耳機接上手機，換個舒服的姿勢半躺半靠著，預備接下來應該會有一通很長的深夜電話要講。

「要算的可多了。小孩和工作怎麼安排？生小孩的時辰？還有名字要怎麼取？」

生小孩的時辰不是應該問醫生嗎？秋蓮在心裡憋笑。也只有她們少數幾個學生時期的好友才知道，Amy精明的外表下骨子裡其實傳統得要命。在她的名牌包包暗袋裡，一定有過年時到廟裡求的香火用來保平安。每年公司普渡她都第一個到場站在最前面，手裡拿香口中唸唸有詞，願望都是早就想好的，拜得也最虔誠，讓老闆很滿意。

「所以是要我陪妳去？」

「妳也一起算啊。我請妳。」

第一次聽到有人請客在請這種的。可是要算什麼呢？秋蓮一時懵了，不知不覺講起阿一來信的事。

「小姐，這種事妳怎麼不早講，妳還真能憋耶！」Amy的聲調可來勁兒了。明明平常是她忙到很少回訊息，這時候倒怪起別人。

不過秋蓮知道Amy不是那個意思。她們兩個相處的模式總是Amy替她打抱不平或出頭，慫恿個性畏縮的秋蓮勇敢踏出舒適圈，必要時也會推她一把。

「這沒什麼好算的，反正就那樣。」那樣是哪樣，秋蓮也說不清楚。阿一只是一場夢，一場從夢境蔓延到現實的夢，不該去攪擾現實的清澈。

「還不如算買房子的事。」秋蓮隨口搭話。

「買房子是要好好算算戶頭裡面的錢，不是算命。」看來Amy跟秋蓮的認知確實存在著差異。想必也是這份差異把她們牽在一塊兒，彼此互補。

「不過可以算一下交屋和入厝日期。」Amy又補充。

對秋蓮來說，算這種事情很不切實際。他們家沒道理會因為在對的時間買對一間房子就此發大財，走好運。而所謂的好運，在秋蓮的想像中不過是全家平安、健康和樂，夫妻工作順利、孩子成長和求學過程都好。這些願望平凡得像量販店的產品，缺少特色與野心。Amy常勸她眼光要放遠一點，但她沒有這個天賦，只想持守這樣的生活。她不奢求家裡開名車、住在高級社區、穿戴名牌，或是每年到國外的房子度假一段時間這類上流社會的生活。

她要的也不是那些。

「不然兩個我都請妳。」Amy肯定真的很希望秋蓮陪她去。「買房子和阿一都算一算，結束後我帶妳和小敏去親子餐廳。」

都已經講到這個份上，不去不行了。時間就是後天，原來Amy早早就跟師父敲好日期。

約好的那天，清晨開始飄雨，Amy開車來接她們母女倆，順道提來水果禮盒送給秋蓮的公婆。真不愧是見過大風大浪的人，連這方面的細節都照顧到。除此之外，Amy徹頭徹尾變了。秋蓮不記得畢業後有多少年沒見過素顏的Amy，「化妝品的成分不好，怕傷到baby。」缺少假睫毛和眼線的加持，說起話來多了幾分溫柔。Amy還放棄高跟鞋，穿著從前嗤之以鼻的平底鞋和寬鬆的褲子。連小敏一時都沒認出她，呆看好一會兒才敢出聲打招呼。

打開車門時，後座赫然出現一張嶄新的汽座。連這個都先買好。秋蓮嚇了一跳，不禁佩服Amy果然是計畫大王，萬事搶先一步預備。

車子開出社區，不一會兒就進到市中心，駛入高樓林立的辦公大樓區域，市政府就在同一條街上。秋蓮以為算命師父都該要在深山野林中，不然至少是帶有神祕感的鄉間，海邊也行，怎知道路越走越像要去洽公。車子停在百貨公司地下停車場，過馬路到對面另一棟辦公大樓，大廳牆面上列出每個樓層的所屬單位，從科技產業、網路媒體到創投顧問、設計工作室都有。警衛對來來往往的人們司空見慣，沒有多問，鼻梁上掛著老花眼鏡，繼續低頭滑手機看股票。Amy逕自往電梯走去，按下八樓，一副熟門熟路的模樣。出電梯後左轉，在最底間，旁邊是美甲工坊，對門是法律事務所。門口掛著「明光生活管理中心」的牌子，如果不去細想這幾個字背後的意味，可能會誤以為是某家小型科技公司。

推開玻璃門，迎面的接待櫃檯簡陋得像臨時設置的。接待人員透過總機和裡面房間通話確認過後才起身領著Amy一行人入內。

裡面則跟一般認知的算命館差不多。牆上掛著佛像，案上香煙裊裊，經書排在架上，以及一些叫不出名字的法器。當然還有水晶和天珠，能想得到的地方都擺上。秋蓮趕快牽緊小敏的手，以免孩子一不小心弄壞這些要價不菲的東西。她在網路上看過介紹，知道他們家可賠不起這些暗藏天機的珠子。

出乎意料的是已過中年的算命師父居然穿著成套運動服，手上戴滿金銀戒指和串珠，還真有種另類嘻哈風。更讓人想不到的是師父手裡不是拿著水晶球或佛珠，而是一臺平板，上面貼著八卦圖案的貼紙。居然有人在賣這種貼紙？秋蓮莫名分神想到這些瑣事。

算命進行過程予人一種流暢感，沒有故作神祕的部分，沒有故弄玄虛的話語，Amy和嘻哈風算命師父公事公辦商榷列出來的問題，有點像醫生看診，這是秋蓮在旁邊直覺體會到的印象。所以輪到秋蓮時，也用類似的方式進行。

離開時，師父請Amy到櫃檯加入管理中心的帳號，後續再保持聯繫，下次預約也能線上完成。

Amy得到滿意的答案，孩子的生辰挑好，名字的部分師父給了一些字讓她回去慢慢選，後續再跟公司人事討論產假和育嬰假日期，等找到保母就能回去上班。幸好Amy有自己的辦公室，到時候百葉窗一拉就可以擠母奶，都不成問題，最新款的電動擠奶器已經在郵寄路上。辦公室裡的冰箱之前用來冰啤酒和優酪乳，之後剛好拿來冰母乳，Amy打著這樣的如意算盤。至於她的小腹尚且還沒什麼動靜，站著的時候還算平坦，只有坐下時肚子才會隆起一坨脂肪。這個才剛成形的小生命已然被Amy列入她滴水不漏的人生規劃中，只是Amy還不知道孩子是最沒辦法計畫的一環，而且往往是打亂計畫的罪魁禍首。

走出大樓時，秋蓮才想到剛才似乎沒見到Amy與中心裡的人提到錢的事，連錢包都沒看她拿出來過，不知道這筆交易是如何完成的。「天機不可洩漏。」Amy的眼珠子咕溜一轉，看來事情回到掌握之中讓她心情大好。

在車上回想剛才發生的事，突然發現嘻哈風師父幾乎沒抬頭看秋蓮，反而專注瞧著雙腳在椅子上晃來晃去的小敏。而算出來的結果讓人更加陷入迷惑，彷彿把問題拆解成更多問題交還給秋蓮。不過在問題之間隱約有個環節讓彼此不至於散落。這個環節是什麼呢？師父認為秋蓮早已知道，所以欲言又止，以免干擾秋蓮心中的答案。

我真的知道嗎？秋蓮自問。當然，本來她就沒特別想來算命，可是要說完全沒有疑惑也不盡然。這段時間來，腦子經常亂哄哄的，不確定感從四周推擁著她，讓她不知道是往前還是往後，或者只是在原地無謂擺盪。

到親子餐廳後，小敏一口氣喝掉半杯果汁，立刻迫不及待往球池鑽。秋蓮坐在池邊，她也不知道自己是怎麼了，居然會想相信沒來由的推算。真要說的話，可能是因為師父的樣子讓人聯想到顧問。既然創業、投資、理財都可以找顧問，像人生這麼困難複雜的事情當然更應該找顧問來協助安排。

握在手裡的名片上印著「生活管理中心」這幾個字打動了秋蓮，突然覺得自己是可以擁有安排事情的能力，而不是只能被命運推著走。所以她竟然升起一股信心，拿起手機傳訊息給先生，提議下次放假再去看一次房子。

22

先生病了。不嚴重，但體溫確實超過標準，四肢痠痛無力，輕微流鼻水伴隨劇烈乾咳持續好多天，喉嚨還因此發炎疼痛，引發輕微胃食道逆流。沒辦法去上班的那幾天也沒力氣去拿藥和買食物，幸好有線上看診服務，再另外請人領藥包和採買食物，這些都很快就送到租屋處。

醒來的時候，簡單吃點東西，先生獨自在房間的大部分時間都躺在床上半睡半醒，連手機也沒力氣看。到第四天，體力總算恢復大半。因為還沒完全康復，和秋蓮討論後決定週末暫時不回家，以免傳染給公婆和小敏。

回去上班後，由於累積太多工作，還有追加的急件不趕快處理不行，以免耽誤客戶端的運作，先生決定週末到公司加班。

這樣一來，距離秋蓮上一次和先生見到面，是三週前返家那次。

準備去搭車的那天傍晚，先生在客廳陪小敏玩拼圖，一片一片對照形狀和花色排進圖框裡。雖然總共才十六片，對年紀小的孩子還是充滿挑戰。拼完一次，小敏還想再玩，父女倆把拼圖倒出來，撥亂順序，重頭再排一次，依照形狀與花色逐片比對尋找。公公坐在沙發上和社區長青會的朋友講電話，聊著下次去唱歌的事情。婆婆一下子進廚房洗一洗，一下子進房間收東西，過一會兒又拿抹布出來擦桌子，一刻都閒不下來，不過也沒真的做什麼事。小敏玩到不知第幾回合，才剛拼幾片，秋蓮突然注意到時間晚了，趕緊催促先生出門搭車。

因為每週往返，要帶的東西不多，只有一個簡便的隨身包，秋蓮已經預先整理好放在鞋櫃上。先生跟小敏擁抱作為道別，很快就出發去趕車。這陣子小敏開始嫌爸爸的鬍子扎人，說什麼也不給親，不過抱一抱還是願意的。

隔天，小敏又拿出拼圖來玩。因為前一天練習很多次，自己也能慢慢找到對的圖

就算現實中早就放棄尋找，但在夢裡還是無法自拔找著。拼圖和阿一。

由於無法完成想做的事，造成在夢中和醒來時心中的缺失感，秋蓮常常在起床後慌慌張張想趕快找點事做，讓心情上獲得支撐力。於是急匆匆漱洗，因而忘記關緊水龍頭。慌慌張張擦拭已然光潔的流理臺，卻不小心把吐司烤焦。獨留一只襪子在洗衣機裡，忘記拿出來晾晒。真夠折磨人的。

「至少去痛罵他一頓，把水往他臉上潑也行，只要能解解悶氣都好。」陳3說，只要心裡還有懸念就不可能完全放下，所以更要去赴約。見完面，這個人就此蓋上結案的印章，鎖進檔案櫃裡不用再去理會。

可是秋蓮並不生氣或怨恨，如果仔細盤查內心，是強行被打斷導致的不連貫讓身心在那時候無法好好整合，嚴重的精神摩擦與勉強忍受留下類似創傷後的疤痕。

Amy很講義氣說要陪她去，至少在旁邊幫忙照顧小敏，讓她跟阿一好好聊。因為膽怯，秋蓮和阿一相處的那三個月沒有抬頭跟他說話過。過了十二年，她不確定自己有沒有勇氣直視阿一。有Amy去壯膽，似乎會讓事情容易一點。

可是過沒幾天Amy就遭逢人生最不想遇到的變數——激烈的孕吐。

Amy上班時間動不動就跑到廁所吐得亂七八糟，吐到胃裡連渣都不剩時，就吐胃酸。她多年來建立起的女強人形象瞬間被摧毀，變成雙眼失神，頭髮還沾到口水的蠢樣，在會議上做決定時也沒有之前鏗鏘有力的語氣與斬釘截鐵拍桌的霸氣。Amy這個樣子陪同赴約，到時候還不知道是誰照顧誰呢。看來是行不通的。

回頭想一想，至少還有小敏。把秋蓮從每一個夢境裡拉回現實的小敏，這次一定也能帶她安然從夢裡回來吧。

下午拖地時把客廳桌子搬開來，一個不小心，秋蓮的腳趾撞到桌角，強烈的痛感瞬間襲來，讓整條腿都麻了。秋蓮忍著痛，一跛一跛把地拖完，把水桶和拖把洗乾淨，拿到陽臺晾。回到客廳後，在一旁聽故事的小敏突然說，媽媽流血了。婆婆也聞聲轉過頭來看。秋蓮剛才撞到的左腳大拇趾裂了一截，從趾甲底下滲出來的血已經乾掉，斷掉的趾甲片暫時黏在傷口上，把最痛的部分覆蓋住。婆婆建議去診所包紮，晚餐由她來準備就好。不過想到要穿上鞋子走到診所，好不容易平息下來的疼痛又要重來一次，還是作罷。秋蓮只是找了大一些的ＯＫ繃黏住就算了事，繼續準備晚餐食材。

結果晚上洗澡時，遲來的疼痛還是要面對。乾涸的血水被大量清水沖刷掉，剛滲出來的血水又被更多清水沖走。撕掉OK繃後，斷裂的趾甲隨之脫落，傷口清晰袒露在眼前。掉下來的趾甲片約略呈三角形，如同蛤仔殼的形狀，稍微彎曲的表面有生長的紋路。

非常痛，雖然只是一小角。

隔天出門本來想穿涼鞋，但天氣越來越冷，所以秋蓮換上新的OK繃後，還是決定套上保暖襪子，再穿上好走的平底鞋。流血其實很快就止住，剩下的時間只是等待癒合。原本認為走路時留意不要在傷處施壓應該就不會特別覺得痛，實則持續悶痛。不知道是不是自己太過敏感，還是潛意識提醒著自己傷口的存在，不曾裸露過的趾甲肉帶來的刺激讓人無法忽視，有種隨時會被刺探到內裡脆弱核心的錯覺。

明明只是一小角。

趾甲碎片被秋蓮隨手擱在梳妝臺上，夜晚關上房間的日光燈，在昏黃桌燈照射下，近似貝殼的質地與細微凹凸所形成的光滑，一覽無遺。靜置在旁的梳子齒間纏繞著幾根秋蓮的長髮，同樣靜靜躺在桌上。

23

哥哥難得來電話，更難得的是在白天打來。聽得出來是在工作場合的範圍內，跟平常直率的語氣比起來帶有一份謹慎。

秋蓮和哥哥很少傳訊息，可能是性別上的差異，即使是手足，能聊的話題也不多。而且哥哥回訊息永遠不超過三個字，不知道是懶得講還是真的沒什麼意見，讓人很難聊下去。當然，還是有兄妹間才知道的暗號或玩笑，不過今天這通電話不太適合講這些，秋蓮直覺這樣感受到。

結婚後，哥哥嫂嫂住在家裡，連嫂嫂養的貓也搬進來。嫂嫂是哥哥短暫在國外留學時認識的，回國沒多久後，兩人就決定結婚。籌備婚禮時，嫂嫂常到家裡來走動，當時覺得是個好相處的人，不過等真的成為一家人後，反而有種隱隱約約的疏離。例如嫂嫂凡事都很客氣，絕不會主動吃掉擺在冰箱裡的甜點，除非媽媽特別叫她吃，或是回到家以後就往房間鑽，等到大家都睡了才出來用浴室。這類小事，在秋蓮還住家裡時便察覺到。大嫂和他們住在同一個屋簷下，卻形同家裡的外人。

有一次秋蓮跟哥哥提到，哥哥說可能因為嫂嫂是獨生女，不習慣家裡人多，自然與大家保持距離，沒有其他的意思。

過一年多，秋蓮結婚搬進婆家，變得很能體會大嫂的心情，漸漸跟大嫂一樣經常躲在房間裡。就算知道大家沒有惡意，但就是沒辦法像在自己家裡一樣自在放鬆。

秋蓮還曾安慰過爸爸，「就是沒什麼心眼才會這樣吧。」直到爸爸生病那段時期，大嫂盡心盡力幫忙，這點疙瘩後來總算消除。

秋蓮家婚前就知道嫂嫂有先天性健康因素沒辦法懷孕，媽媽也接受這樣的媳婦。畢竟生孩子已經不是年輕人的人生必選項目，若是勉強，只會鬧得雞犬不寧。萬一連母子關係都鬧僵，豈不是得不償失。媽媽在這一點上很快就想開。家庭聚會時，大家很有默契不談生小孩的話題。

婚後第一年到現在，哥哥嫂嫂的生活型態幾乎沒有改變。假日若不用加班，會安排健身、泡咖啡店、吃網紅推薦的美食、到處走訪熱門景點，既有品質又悠閒。秋蓮比嫂嫂小三歲，生完小敏後，各方面都不如嫂嫂來得優雅、從容。家族合照裡，秋蓮明顯膚色較暗沉，不像大嫂還保有水潤有彈性的肌膚。

那時到月子中心看秋蓮時，嫂嫂買了很多玩具。等小敏大一些，聖誕節和生日的禮物都沒少過。此時秋蓮也多了一份同理，明白嫂嫂的用心。

再後來家庭聚會的目光與話題幾乎聚焦在小敏身上，媽媽對抱孫子的期待都投注在秋蓮身上，時不時問到第二胎的動靜。回娘家時，媽媽還會端出事先熬好的中藥逼她喝光。

哥哥嫂嫂有幾次出國旅遊，請媽媽幫忙照顧貓。換貓砂、裝清水、餵飼料，媽媽幾次以後就上手。從那時起，剩下媽媽一個人的家裡，貓跟媽媽越來越親近。冬天時，貓會跑到媽媽的被窩裡睡，連嫂嫂都有點吃味。每到要睡覺時，媽媽把電視機一關，嘴裡喊，要睡覺了，貓不管躲在哪裡，聽到媽媽走進房間的聲響就會趕緊現身，趁房門關起來前跳到床上趴好。媽媽去買菜時，貓則是躲進媽媽的衣櫃，挨在媽媽的衣服上打呼嚕。

媽媽傳到群組的訊息裡，貓的照片越來越多。上次帶小敏回去時，哥哥還笑說媽媽會跟貓說話，好像小孩子。媽媽嘴上不承認，不過秋蓮瞧見她望向貓的眼光，默默覺得哥哥說的應該是真的。

這隻貓填補爸爸離世後的缺憾，以及家裡沒有新生命的冷清，讓媽媽在失去老伴的晚年增添不少樂趣，生活得以重拾重心。

哥哥打來時，秋蓮在公園，陳3才剛回去上班。小敏正好玩到一個段落，肚子餓了想吃點心。不過從哥哥開頭的話語猜測這是一通重要的電話，可能會談上一陣。秋蓮先拿出包包裡的麵包打開來放在小敏腿上，讓她自己剝來吃。

寒暄一下後，哥哥立刻將談話切入主題。

他和大嫂最慢這一週會搬出去，戶籍方面都已經處理好。地點離媽媽家相隔只有公車一站的距離，慢慢散步也能走到，就看天氣和體力。這次剛好遇到屋主工作的緣故要搬到國外發展，急著脫手，不然同樣條件的房子價錢很硬，不可能談得下來。哥哥在電話另一端滔滔不絕說著諸如此類的細節，還講到裝潢不用更動太多，前屋主品味不錯，裝修的用料都滿好，是聘請設計師打造的。因為工作太忙，鮮少在家，所以家具都很新，廁所連水垢都沒有，總之替哥哥省下一筆。還說到搬出去後，孝親費不會少給媽媽的。秋蓮只是一直嗯嗯回應著，一時答不上話。

哥哥又提到新房子多一個小房間，有對外窗，採光不錯。當臥房的話太小，可是當貓咪房剛好，所以那間到時候就用來養貓。聽到這裡，秋蓮才從一連串的話語中驚醒。媽媽怎麼辦？連貓都走了，就剩下媽媽一個人住在原來的房子裡。雖然之前申請戶籍變更就知道會有這一天，可是日期訂下來，還是感到有些衝擊。連秋蓮都如此了，身為當事人的媽媽會如何呢？

心裡很多疑問伴隨些微的怪罪，不過秋蓮絞盡腦汁思索後才小心翼翼吐出一句，「貓可以留下來嗎？」

電話另一端被沉默填滿。

他們都知道媽媽的生活依賴這隻貓，不過貓是大嫂的。大嫂搬走，貓當然要跟著走。

「還是幫媽媽領養一隻新的貓？」哥哥說。

這次換秋蓮沉默。聽起來怪怪的，家人可以這麼容易就換一個新的嗎？雖然是貓，對媽媽來說卻是親密的家人，連睡覺都一起呢。

這下秋蓮明白為什麼哥哥要白天打來，目的是避開媽媽和大嫂在旁邊，兄妹倆打開天窗說亮話，好好把接下來的事情講清楚。確實，秋蓮以為哥哥會一直住在家裡，也沒去想過媽媽年老以後照顧的問題，彷彿理所當然會有人承接照顧的責任。因為哥哥嫂嫂沒生小孩，由他們擔任是最理想不過。

這時秋蓮才想到，「媽媽知道了嗎？」

「交屋時有講過，不確定她記不記得。最近又找不到機會提，不過晚一點會跟她說。」

那就是不知道了。秋蓮更加擔心媽媽。

「距離很近，我們還是可以每天回去吃晚飯，週末妳多帶小孩回去玩，跟以前不會差太多。」

哥哥嫂嫂白天出門上班，每天回到家也是晚餐時候，吃完飯差不多就睡了。白日裡向來都是媽媽自行打發時間度過，而且媽媽最近在社區大學交到一群朋友，常常互相約出門走走，行程頗多的。不過哥哥嫂嫂搬走以後，空間上空下來的部分卻會時時提醒住在裡面的人，曾經住在一起的人已經離開，「現在就剩下你了喔。」

先是秋蓮畢業後為了就近工作搬出去租房子，接著爸爸病逝，現在哥哥嫂嫂和貓都要走了。秋蓮想到一個人被留下的媽媽就覺得感傷。

可是秋蓮又有什麼立場責怪哥哥呢？她和先生不也正在計畫買房子？在事情成定局前，他們沒主動跟小姑提過。公婆雖然隱約知道這件事，不過沒說什麼，可能還在觀望下一步的走向。

秋蓮一家三口如果搬出去，她會回去上班，小敏上幼兒園，先生暫時還是只能週末回來。到時候公婆肯定也會期待假日見到小孩，多跟小敏相處。

之前因為住在一起，順其自然週末就成了一家三口的出遊日。他們喜歡到處走走，拍下不少充滿記憶的照片。搬家後，週末勢必得回公婆家和媽媽家陪伴長輩們，一家三口能相處的時間只得犧牲，更別提她和先生有多久沒單獨說上話了。

所有的問題都好難，牽連到很多情感。當然，她也可以不理會老人家，硬起心腸就此搬出去過著快樂的三人生活。可是公婆幫忙照顧小敏這麼長時間，對她也疼愛有加，這種過河拆橋的事情她實在做不出來。

大嫂想要搬出去的心情她不是不能體會，更不便多說什麼。由於是家中獨生女，親家早早存到一筆錢等著幫女兒買房子。知道女兒不能生孩子，這一點他們想得滿周到。房子的頭期款他們會出，貸款的部分也會幫忙，不會動到媽媽的退休金，所以最多十五年就能繳清，房子會登記在大嫂名下。這些都是親家為人父母的心意，希望自己的女兒在別人家不要被人看輕。

事情大致上已成定局，上個月下斡旋，隔日就成交簽約，所以哥哥打這通電話不是來商量，是來告知的。快到開會時間，哥哥留下一句保持聯繫便急忙先掛斷電話。

公園這邊小敏的麵包快吃完，向秋蓮討水喝。把水壺打開遞過去後，秋蓮又拿起手機，這次是打給先生。她想趕快讓先生知道這件事，不過先生的電話無人接聽，兀自發出嘟嘟嘟面無表情的聲響。

24

隔天，斷裂的趾甲片還在梳妝臺上，不知從什麼時候開始漸漸和周圍的物品融為一體。

梳妝臺的鏡子邊框擺放一尊陶瓷娃娃，是秋蓮國中畢業旅行時在海邊買的廉價工藝品。那時候身上帶的零用錢還剩下不少，一路上包吃包喝，沒什麼機會買東西。行程第三天到海邊，等到漫長乏味的導覽結束後，老師終於宣布給大家半小時的自由時間，同學們都跑去逛商店街。

是Amy先拉她進那間店的。她們繞了好幾圈，算算口袋裡的錢，最後Amy買下一條貝殼項鍊，秋蓮買了陶瓷娃娃，兩樣東西都做工粗糙，不過在遊覽車上她們還是把玩很久。到家後秋蓮趕緊把娃娃從袋裡掏出來，生怕壓壞。

秋蓮家裡還有不少這種劣質的紀念品，擺久了也沒想到要扔掉，慢慢堆砌成一座家的樣子。隨著長大離家，這些東西會存放在兒時的家裡成為昔日風景堅定的一部分。雖逐漸褪色，卻不會消失。

要不是有一次回娘家，小敏在房間裡發現，堅持要帶走，秋蓮根本連這個娃娃的存在都忘了。從那次帶回婆家後，陶瓷娃娃就放在梳妝臺上的鏡子前。白色的娃娃描上藍色線條，是西洋鄉村農婦的造型，手上提著一只花籃。如果要說線條描繪得很粗糙，也可以說是風格寫意，隨興撇下的筆畫讓裙襬搖曳生姿。

秋蓮把趾甲放在陶瓷娃娃的籃子上，大小剛好。

到第三通電話總算和先生聯繫上，在電話裡簡潔交代哥哥買房子的事，先生只說知道了，他會再想想，就掛上電話繼續工作。

直到下午喬打來，這才打斷秋蓮延續一個上午的思緒。算一算，她跟喬好幾個月沒聯絡更新彼此近況，不知道她在百貨公司專櫃的工作做得如何。誰知道還沒來得及去探班，喬居然已經離職。

喬做事情一向憑感覺，高中時差點因為莽撞的個性而休學。上大學後換過數不清的打工，學校有好幾門課因為隨心所欲蹺課，差點過不了關。畢業後一直從事非正職的工作，可以說走就走。喬和弟弟感情算不上好，跟爸爸和繼母見面時沒吵架的次數屈指可數，所以乾脆不回家，時常像隻流浪貓到處漂泊，三不五時就搬家。只要一段時間沒聯繫，喬多半會有不同於之前的消息，不像秋蓮的生活百年如一日。發傳單、美容、手搖飲料、手機配件行、餐廳外場，喬都做過。

百貨公司的工作一開始是偶爾代班，學姐說平常日沒什麼人來逛，稍微幫忙擋一下還可以。喬大剌剌的個性很快就跟隔壁櫃的大姐混熟，人家傳授不少祕訣給她。客人來買鞋子的時候，要怎麼看尺寸、腳型，要不要加鞋墊，楦頭怎麼用，喬很快都學會。有幾個客人還以為喬是正職，跟她買過一次後，回頭再帶朋友來買，才知道她上班時間不固定。後來其中一個大姐要退休，回家幫忙帶孫子，喬有機會頂替她的職位轉正職，結果她還是走了。哪裡都留不住她。

喬這次一走，不知怎麼搭上線，跑了兩個禮拜送餐服務，說是要還人情。工作時間在早上，十點前中央廚房把便當做好後，喬盤點數量，裝上機車，按照清單上的地址送去給老人家。

按電鈴如果沒人開門，喬把便當先掛在門上，回頭經過再來看看。倘若門還是關著，會多加關照一下。必要時，需要向隔壁鄰居打聽一下獨居長輩的行蹤。因為個性明快，很快再次受到大家的喜愛，送餐時間一到，難得起身的長輩們居然主動在門口等待，就為了多跟喬聊幾句。

趕在真正的冬天降臨之前，喬最後一次送完餐，歸還工作背心和機車，隔週開始跟朋友帶貨做團購。

據說是之前在其他地方打工認識的朋友，跟喬挺契合，常常互相介紹工作機會。朋友的熟人之前做的成效不錯，貨源穩定，就連海運卡關那陣子還是有辦法把貨物送到，而且生意反而更好。靠著這類購物型態創業的人很多，有不少人乘機轉行，所以圈子越做越大。朋友的熟人最近改做歐美精品，賺頭更多，把手上的取貨店面和現貨全部盤給喬跟朋友，上游供應商、買手和客戶資料以便宜價格轉讓給他們。店面剛好在秋蓮家社區不遠處，散步一會兒就會到。團購的整套系統都已經建置好，交易流程不變，對客人影響不會太大。

不過光是找地方整理庫存、拍攝開箱影片、學會計算價格，還是要花一段時間。喬才剛起步，所以每天得熬夜修照片、想文案，不停上網刷別人的頁面，吸收介紹商品的訣竅，白天則是分幾個時段把商品資訊貼到群組。眼睛整天盯著大小螢幕，才一個禮拜喬已經叫說吃不消。

「要不要跟我們一起做看看？」才剛抱怨連連，喬這會兒又試圖拉攏秋蓮，「工作時間有彈性又不用出門，可以一邊顧小孩喔。訂貨部分我來弄，店面我朋友會搞定，而且離妳家又近，妳負責當小編回訊息就好。」光是時間自由又可以兼顧育兒，這樣的工作型態確實讓人心動，就算之後恢復上班，還是可以當兼職做。喬鍥而不捨慫恿，「我們賣的東西都是平常用得到，自己人拿成本價就好，真的很便宜，可以省很多錢。」喬一邊講電話一邊傳來好多張照片：一包有十二雙不同花色的襪子、一桶有三十個不同圖案的髮飾、法國的精油潔面霜（學姐賣出五百條，聽說超好用）、泰國人氣海苔澎湃包、日本主婦必買浴廁芳香，韓系美眉穿搭必備的長腿神褲。螢幕上中日韓泰英文飛來飛去，看得秋蓮眼花撩亂。不等秋蓮反應，喬已經把她拉進其中一個顧客群組，說是先讓她體驗一下二十四小時源源不絕的買氣。

結果那天秋蓮真的體驗到了。手機叮叮噹噹響個不停，不知道是喬還是她朋友發布新商品先來個十幾聲。接著是各種角度的照片、尺寸或口味，直接洗掉一排訊息。晚餐後，大家閒下來，展開提問馬拉松，一下問數量一下問到貨日期。秋蓮還不太熟系統，弄老半天才進到頁面，裡面的品項少說上百種，簡直是間小型的虛擬百貨公司。

客人的帳號也有趣，這些愛跟流行買東西的太太小姐們名字都取得閃亮亮，加上圖案和顏文字，活靈活現展現個人特色，秋蓮的帳號相形之下就顯得無趣。不過十個帳號裡有八個都有的共同點就是後面會加括號，裡面以小孩名字稱呼的媽媽。例如秋蓮的帳號後面寫的是：（小敏媽）。因為參加的活動多，聯繫協調時大家都是以小孩名字來辨識媽媽們，漸漸成了育兒圈潛規則。聽說孩子上學後，才藝班、補習班、學校的群組就會有好幾個，每個人後面都有一個括號，像蝸牛後面馱著一個殼。從括號裡面就能知道誰家有幾個孩子，性別和年紀也是。點進帳號封面，大家的照片幾乎都是跟孩子的合照。

難怪喬想要拉秋蓮進群裡，因為她和朋友都沒孩子。要想知道有孩子的媽媽需要什麼，想買什麼，缺少什麼，還是得問有經驗的人才行。才剛這樣想，新的商品又貼出來：兒童三〇四不鏽鋼學習筷，多啦A夢、寶可夢、凱蒂貓和米奇四款供選擇，分兩階段學習步驟，可放入洗碗機，讓寶貝安心使用。秋蓮看到都想下單了，果然是他們鎖定的目標族群。

洗完澡出來後，拿起手機一看，又累積幾十條未讀訊息，還真是熱鬧的晚上。但是繼續放任手機叮咚響個不停實在太吵，只能把群組通知關閉，這才換來夜晚的寧靜。喬大概還在不曉得什麼地方拚命上傳照片、回覆留言，不過這次至少她可以隨心所欲換工作地點，不用被釘死在固定的地方。

真正的夜晚澆灌下來後，住宅大樓陷入凝結般的安靜，偶爾傳來婆婆在床上翻來覆去的吱嘎聲，公公的鼾聲與磨牙咯吱咯吱。

半夢半醒之際，秋蓮彷彿聽到異質的聲響，夢境原本已浮現，就像每天晚上那樣帶著秋蓮四處穿越，卻突然被那陣清脆的聲響切掉畫面的聯繫，登出夢境。難道群組連半夜都在發訊息嗎？秋蓮稍微清醒一些，正想伸手拿起床邊的手機，突然想到群組通知已經關閉。

從睡眠中再往上升到意識的表層後，仔細再聽，不是手機的聲音，而是來自更遠的地方。一聲聲具穿透且獨立性，猶如在現實之外。

從床上坐起身來，聲音越來越清晰，答，答，答，如同秒針，可卻不是。

家裡早換成靜音秒針的時鐘，就是怕吵到難入睡的婆婆。這個時代可是連時鐘都不會再滴答作響了，還有什麼會這樣規律發出聲音呢？

秋蓮披上外套從棉被裡爬出來，盡量不發出聲響扭開門把，走到房外。黑暗在熟悉的家中聚集，其餘聲音都已乾涸，除了偶然自外頭呼嘯而過的車輛，異質的規律聲響好像隨著尋找的腳步離得遠一些。巡視過客廳、廚房和廁所後，秋蓮再度循聲回到房間，打開衣櫃、靠近書櫃、走到窗前聽了一陣，最後憑藉直覺走到梳妝臺前。

在那後面。梳妝臺後面的牆壁裡。

確定方位後就可以好好判斷。是水的聲音，應該錯不了。

會不會是牆壁裡的水管破裂，水從缺口滴下來？由於看不見裡面，每一下水聲都清晰可辨，牆壁內的空間給人空曠的想像，寬敞到可以容納無限的水積聚，彷彿一口深井。而且水落下後仍繼續落下到無盡深處，從聽覺上來感受就是如此。

牆裡面是一座祕密洞穴，雖然理智上知道不可能，因為每天早上都會見到隔壁鄰居從牆後面的家裡走出來，但大腦還是被這樣暗示。

秋蓮在黑暗中大致從上到下檢視一番，還伸手摸摸看。牆壁外觀沒有水痕或是裂痕，還是跟之前一樣光滑、冰涼，清澈的滴水聲因而更加響亮。

如果真的是滴水，水又流到哪裡去？容易被噪音困擾的樓下鄰居會不會也正聽著這水聲徹夜未眠呢？

秋蓮久久站在牆壁前面，直到雙腳感到冰冷為止。

在這個冬天經常下雨的城市裡，牆壁後面的滴水聲日後還會繼續在夜裡召喚秋蓮。不論是躺在床上，還是趴在牆壁前傾聽，秋蓮雙腳總是因聽覺的暗示而首先感到刺骨寒意。回到被窩後，兩隻腳掌會不自覺靠在一塊兒相互取暖。

25

這天開始穿一件上衣已經不足以禦寒，需要再加保暖衣褲。轉眼間，冬季就在一次次添衣中悄悄來臨。清朗的天空首先映現出厚重如鴿羽的灰色，增添蕭瑟。灰色之後好似隱藏著寓意，只是沒有人有閒情逸致去了解因而顯得惆悵。

真正的低溫還沒來襲，路上還是有不怕冷的人穿著短袖，不過孩子如果生病發燒起來很嚇人，所以秋蓮暫時減少帶小敏去公園。除非是天氣好得不像話，連太陽都露面的日子。

和陳3的交談幾乎轉移到網路上，能遇到的次數越來越少。寒冷的天氣加上陰雨，這傢伙應該不太可能還在外面吃早餐，秋蓮猜想。不過見面時礙於上班時間，多半匆匆聊幾句就結束，回家以後才在網路上斷斷續續聊著。有時候話題延續好幾天。他們都不是急著要對方回覆的人，等空閒時再打開手機好好打字反而比較像舒適的談天。

陳3抱怨租屋的房東很小氣，牆上壁癌脫落嚴重，油漆屑掉到衣服和家具上不好清潔，可房東就是不肯找人來重新上防水漆。房間的對外窗雖然不大，可是天氣意外的溼寒，地面和牆上都鋪著磁磚，讓體感溫度少說降低三度。所以越到冬天陳3越不想回家，喜歡泡在附近的咖啡店。

那家店歷史悠久，木頭地板明顯凹陷，有一處甚至已經塌陷，可是死忠的客人還是天天報到。據說是因為老闆烘的豆子好喝，加上每張桌上都擺設一盞玻璃鑲嵌的藝術燈，美得讓人打心底被點亮起來，心甘情願這輩子待在這些燈旁邊，就算它們的光線何其微弱。

對租屋族而言，沒有什麼比好的氣氛來得重要。回到租屋處面對家徒四壁的房間和急就章的家當實在讓人心情沮喪，所以氣氛更是必須的。

「去那邊做什麼？」

「上網找新房子和新男人。」陳3回訊。

雖然這家咖啡店價格不貴，還賣餐點，可是只有兩種可以選擇。牛肉燴飯和水餃。

「沒青菜。」秋蓮趁空檔回傳三個字。

「外食族就是這麼可憐。」陳3外加一個哭臉符號。

對於交友軟體，陳3頗有心得，他會看對方訊息的長度來決定。回太長的，讓人有壓迫感，個性太執著，不好相處的機率偏高。回應只有兩三個字，代表個性果斷，不會多想，這種人選優先錄取。

「你自己訊息都很長。」秋蓮乘機虧他一下。

「不一樣，好姐妹聊天本來話就會比較多。」

「那誰是姐，誰是妹？」

「當然妳是姐囉。」被陳3搶先一步佔便宜。

再過三個多禮拜是跟阿一見面的日子，到時候天氣如何，現在都還說不準。不過秋蓮還是拍下幾套衣服傳給陳3。經過陳3精密分析，選了牛仔寬褲配白色針織毛衣，既休閒又帶有年輕氣息與親和力，重點是不顯老。如果天氣冷，再搭一條棉質的撞色圍巾。「善用配件是完美穿搭的關鍵。」陳3模仿專家口吻笑鬧著。

她沒見過冬天的阿一，他們交往的三個月剛好是夏末到秋末。記憶中只有一次見過阿一戴圍巾。

那時已分手兩個多月，街上到處是華麗的聖誕節裝飾、巨幅廣告，人們努力在這座不下雪的城市裡製造出雪的美好假象。搶眼的紅色與白色讓潮溼得一塌糊塗的街道確實增添些許生命力。那天早上出門上班，秋蓮好死不死踩到一窪水，鞋子從裡到外都溼了。到公司後她把鞋脫下來，塞進好幾球廢紙吸水，又到廁所用烘乾機的熱風拚命吹，可惜效果實在不理想。

下班時，雖然鞋子仍舊是溼的，還是得把腳塞進去，不然沒法走去搭車。由於腳上不舒服，又溼又冰的感覺讓雙腳冷透了。秋蓮手上還掛著滴水的雨傘，加上捷運的下班人潮，讓人感覺更擁擠。

越過前方毛髮稀疏的中年男人頭頂，秋蓮的視線盯著門上的告示燈一站一站數著。她巴不得能趕快到站，買一碗巷口的熱湯，回家沖個熱水。可能是因為車廂實在太多人，每個人都裹著厚重的衣物，一時間車內的空氣混濁悶熱，在近傍晚的時分讓人更加感到壓抑一天的不耐煩。

這時車停在轉乘的大站，湧進一群乘客，秋蓮手上的傘差點被撞掉。等她把傘換一隻手重新拿好，抬頭看見不遠的地方有個很像阿一的人。髮型、背影、身高和站姿都像。秋蓮緊盯著那人，直到下一站換一批乘客上車，那人恰巧別過臉來。真的很像阿一。

淺棕色圍巾和墨綠風衣，出門不帶包包，頭髮好像比阿一長一點，身形瘦一點，但真的很像阿一。

在心裡想了千萬遍的臉孔，朝朝暮暮的身影，此刻怎麼可能出現？八成是累到頭昏，搞錯了。秋蓮下意識兩腳輪流轉一轉腳踝，讓難受極的雙腿肌肉鬆開一些。

那人或許感覺到注視的目光，視線突然轉過來與秋蓮四目相對。秋蓮一緊張，立刻轉頭看向車廂上的廣告。

「幹麼假裝不認識。」阿一小聲說。他走到秋蓮旁邊，雖然車廂擠滿人，但還是能聞到屬於阿一的，與乾草相似的氣味。即使是在雨天。

秋蓮沒答話，喉嚨乾乾的，只是低著頭，就像他們從前相處時那樣。儘管在心裡已經想像過無數次重逢的場景與想說的話，也許是潛意識認為根本不可能真的遇到，所以當阿一真真實實站在她面前時，之前的練習一點兒也派不上用場。

下一站，阿一丟下一句，「先走了。」車門隨即關上。他的背影還是那麼自由自在，一臉什麼都不在意的灑脫，肩上卻有如馱著沉重的包袱。

那是她最後一次看到阿一。

那次之後，秋蓮走在路上總不自覺四下張望，一副神經兮兮的模樣。畢竟誰知道會不會再遇到阿一？

她特地買一雙防水靴，即使雨天也不用擔心雙腳再次溼透而顯得狼狽。後來不只在捷運站，走到哪裡她都留意著四周的路人，這才發現和阿一相像的人居然出奇的多。他們都是阿一的影子分散在各地，用阿一的步伐拖沓著，用阿一的背影背對著大家，用阿一的眼神睥睨著世界。每個影子都是從阿一身上剝落的黑暗，讓世界顯得更加陰鬱。秋蓮甚至懷疑自己病了，無從分辨幻覺和真實。從阿一身上飄散出來的陰鬱猶如病菌讓秋蓮也染上。不知何時開始，她的肩上也壓著重重的包袱，漸漸不想和朋友聯繫或出門，越來越常一個人什麼也不做關在家裡，在網路上隨意晃蕩，卻哪裡都不曾到達過。

關於阿一的記憶到這邊為止，能再拿出來咀嚼的細節全數用罄，剩下的都零碎得不成形。

腳踏車。他們曾騎過一次，到附近吃臭豆腐。店家招牌被油煙熏得又黑又黃。

白色和黑色的帆布鞋。白的髒到變灰的，黑的褪色到近似灰。

書架上的村上春樹。阿一最喜歡《海邊的卡夫卡》，後來有人開了一家同名的店，他偶爾會去那邊聽音樂。前幾年在網路上看到那家店歇業的新聞，秋蓮突然又想起這件事。

沙發是茶色。椅子是藍色。房間的燈有白與黃兩種模式。

喜歡吃的東西？不知道。

連他喜歡吃什麼都不知道，卻始終沒辦法忘記的這樣的一個人。

先生就好懂多了。

每週一定會有一天去吃排骨飯，一天吃滷肉飯，冬天早餐愛吃傳統飯糰。咖啡要喝熱美式不加糖。黑白切不要撒蔥花，加胡椒和烏醋。便當裡的紅蘿蔔堅持挑出來，但跟小敏吃飯時則不，還會假裝津津有味吃下去。鬧鐘響到第五次才會起床。習慣用牙線棒，不喜歡牙線。各類電器的充電線常常不見，已經重買好幾次。愛看烹飪節目但很少下廚。大學時常打籃球，現在好多年沒打，偶爾會跟一起打球的朋友傳訊息聊聊近況。每年捐血一次。

對於要和阿一見面這件事，秋蓮掙扎著要不要告訴先生，以及又該怎麼解釋這一切。已經不曉得是第幾次感到懊惱，有個聲音告訴她好像從一開始就不該回信，應該刪掉信件當作不曾看到。

陳3再三警告秋蓮絕對不要向先生提起，見完面從此老死不相往來，「沒事的，又不是要交往。」這些她當然知道，畢竟連阿一都結婚了。

「這不是太重要的事，別花太多心思去想。」Amy也說不要節外生枝，當作是老朋友巧遇就好，「反正不可能會舊情復燃，因為根本沒有舊情。」Amy懷孕後說話還是一樣犀利，看來真的是天性，不知道小孩以後會不會遺傳到她的伶牙俐齒。

可是越不能說，對先生有所隱瞞的感覺就越明顯，秋蓮心裡十分難受。

距離上次離家隔三個禮拜，先生終於回家。除了鬍子沒刮乾淨，乍看之下沒什麼改變。

不知道是因為婚後從來沒分開這麼久的時間，還是秋蓮心裡藏有祕密，先生這次回來讓秋蓮多一分生疏。純真的孩子最能接收到旁人的情緒，就算沒辦法說出來，甚至自己也搞不清楚是怎麼回事，還是能誠實反應出來。小敏說什麼也不肯給爸爸抱，硬是躲在婆婆懷裡。先生坐在餐桌前吃著重新加熱的晚餐，一邊做鬼臉逗她，但小敏就是不領情，最後還躲到公公背後。秋蓮刻意在廚房忙東忙西，把流理臺刷一次，還把冰箱的東西拿出來擦拭裡面的層板。先生端著吃完的餐具到廚房，她只嗯一聲，悶頭接過碗筷，把水開到最大洗了起來。

幸好先生個性大而化之，直接拎著內褲往廁所走，洗澡時又唱起拿手的臺語歌。久久沒回家，他的心情好像不錯。

直到入睡時，小敏才吵著要爸爸講故事，父女倆又恢復往常依偎在一起。先生講故事時唱作俱佳，一下子變身成恐龍，一下子變身成王子兼巫師，把小敏逗得又笑又叫，緊張得躲進被子裡，又嚷著還要聽更多故事。父女倆靠在枕頭上，不一會兒就睡著了。

先生就連睡著時都這麼坦然，嘴巴大大張著，一點祕密都藏不住，如實發出鼾聲，讓人不用擔心他會不會其實還醒著。而他沉睡的背影彷彿會說話。沉默之語並非無言無語，他的寡言其實也在訴說。秋蓮有時覺得自己早就讀懂他的沉默，有時發現自己什麼都還不懂，好似面對秋天那面如老舊鏡子的灰色天空。

26

手機顯示一通未接來電，竟然是浩志馬麻。

這群公園媽媽除了在手機上互相加好友外，有約出去玩過的，漸漸成立不同名目的群組分享育兒文章和好康優惠，最常上傳的還是孩子照片。訊息串裡大家各晒各的寶貝照，底下會有人熱情回應可愛、真好、好羨慕之類的，至少也傳個貼圖表示一下。氣氛看似熱絡，卻不是每個人都可以論得上交情。像秋蓮個性比較被動，就得比別人花上更久時間才能和人要好起來。

浩志馬麻私訊過秋蓮幾次，打電話還是頭一次。秋蓮直覺應該是按錯，所以不加理睬。結果隔天浩志馬麻又打來。

儘管滿腹疑問，秋蓮接起電話後還是先寒暄一下。浩志馬麻想約在外頭碰面，語氣上有些急迫。可是兩個帶著小孩的媽媽能就近選擇的地點實在不多，最後約在他們住家之間的便利商店。

秋蓮把嬰兒車停在店內一樓，靠放飲料的冰箱旁邊，牽起小敏上到二樓座位區。朝馬路有一扇窗，冬日冷風呼呼灌進來，浩志和馬麻坐在斜對角的四人座位，幸好那兒吹不到風。另外一側靠牆座位有個裝扮邋遢的男子趴在桌上，旁邊擺著一瓶喝完的綠茶。空間的後方是倉庫管制區，門上安裝密碼鎖。

只見浩志馬麻這邊的桌面擺滿小孩愛吃的餅乾和養樂多，連玩具都從家裡帶來，十足有備而來的模樣。真難想像浩志馬麻這種三句不離有機蔬菜、優質蛋白質，隨身物品非名牌就是大有來頭的人會願意約在這裡，還給小孩吃廉價的精緻澱粉與含糖飲料。根據浩志馬麻之前的說法，這些都會影響小孩的智力與身高發展，害他們輸在人生的起跑點。

一切都讓人越想越摸不著頭緒。

不過浩志馬麻明顯跟之前有點不同。坐下來後，秋蓮一邊閒談一邊觀察，發現浩志馬麻今天沒戴飾品。閃閃發光的耳環、項鍊、手鍊、戒指，一件都沒戴。不只如此，她沒畫眼線，卸掉指甲油，眼睛有些浮腫，連帶眼睛比較小。或者平常戴的是瞳孔放大片？至於身上這套洋裝秋蓮見過，長袖長裙的針織料，千鳥紋圖案，要沒有小腹的人才能穿，否則會凸顯身材缺陷。不過今天看來不如之前合身，可能下水洗過幾次已經皺了。秋蓮悄悄把浩志馬麻全身上下都打量完，還是猜不出葫蘆裡賣什麼藥。

浩志馬麻正拿出手機放卡通給小敏和浩志看。

「破例一下沒關係吧。」浩志馬麻指著手機問。

秋蓮覺得無所謂，小孩看卡通是天經地義的事，就算現在還沒網路成癮，做爸媽的也沒辦法控制他們一輩子。不過聽浩志馬麻這樣問，看來他們家教很嚴格，3C育兒這種扼殺小孩頭腦創意的事情是不允許發生的。

兩個小孩餅乾吃了，飲料也喝了，開始看卡通後，浩志馬麻才預備好。但等到她進入正題前，還是支支吾吾老半天。

可能，這個詞很微妙，模稜兩可，從百分之一的機率到百分之九十九都有可能。

談話時，穿插這個詞在對話中能營造彈性空間，讓真相具有詮釋的範圍，而非武斷切入結論。可是也因為這樣，同樣的詞能帶出太多臆想空間。

「我們可能要離婚了。」浩志馬麻就是這樣說的，「妳有認識離婚的人嗎？」因為吃驚，秋蓮沒答話，而且線索太少，不知道進展到什麼程度。

有第三人介入？

浩志馬麻看出秋蓮的心思，立刻說，「沒有小三，單純就是他想離。」真的有單純想離這麼單純的事嗎？秋蓮不敢說出口，腦子裡一堆念頭在轉。

哪對夫妻不吵架？吵到不可開交時把離婚講出口也是家常便飯。就算還沒吵到這個地步的，遲早有一天也會。人家說吵架是一種溝通，有吵總比沒吵好，相敬如賓更可怕。

婚姻專家則是常說，要吵有建設性的架。聽起來難度很高，吵架都失去理智了，怎麼可能還有建設性？不過暫且不管這些，先繼續聽聽看狀況如何。

問題是浩志馬麻結婚後沒有繼續上班，每個月消費卻居高不下，所以手頭上沒什麼存款。結婚時，丈夫說會照顧她一輩子，要她專心被疼愛就好，什麼棘手的事情都交給他來處理。所以錢是丈夫賺的，房子車子是丈夫買的，存款也在丈夫名下，平常生活費都是自動轉帳到她帳戶。拿著信用卡預算無上限到處消費，她一張帳單、稅單都沒經手過。

當然，現階段錢不是最重要的問題，而是情分。夫妻走到這裡，好歹有情份。

「妳說是吧？」浩志馬麻迫切想得到認同。

從話語提供的線索得知浩志馬麻沒有特別的專長，雖然學歷是名校外語系畢業，可是跟已經在職場上累積好多年實戰經驗的人相比，這幾年她早已荒廢許多能力，頂多唸外文童書給浩志聽。從交往到婚後，除了從前仍在聯繫的幾個老同學，她的生活重心一直都是丈夫。

生完孩子後建立起的媽媽朋友圈是她生活裡踏出的一大步。

在公園裡每回都是浩志馬麻在帶話題和風向，交際手腕高明得讓人眼花撩亂，秋蓮本以為她的朋友想必多得不得了。真沒想到是這樣。

一集卡通結束，浩志馬麻連忙按下一集，然後接著說。她和丈夫是大學聯誼認識的，到現在已有二十年，青春的精華時光都和這個人度過。在即將邁入中年之初，對方突然想要一走了之，對她的打擊相當劇烈。「還有，」她看了沉迷於卡通的浩志一眼，「要我怎麼跟小孩說？」

秋蓮見過浩志把拔。那天是浩志生日，他到公園來接母子倆去新開幕的親子餐廳慶生。他看上去和一般中年男子沒什麼兩樣，襯衫和西裝褲，剛從公司過來的裝扮，氣色紅潤、體態中等。他遠遠朝大家揮揮手打招呼，基本上是個好先生，給人留下這樣的第一印象。

他們一家人上車後，關上車門的聲音傳來穩重的一響，具有高級的意味。秋蓮忍不住回頭看，果然車身亮得像顆黑鑽。啟動後，車子靜悄悄滑走，相當優雅。可惜秋蓮不懂車，不知道是什麼來歷。

在大眾眼裡可以說完美得無懈可擊的一家人，丈夫卻無預警提出終止婚姻的要求。而原因簡單到不可思議，只因為他受夠了。具體說來是受夠什麼，他說得含糊不清又講到很多，幾乎每一件事都讓他一刻也無法再忍受。真難想像曾經是他深愛的妻子，當年還動員朋友們幫忙籌畫大陣仗的求婚計畫，多年後反倒是他眼中非除去不可的一粒沙。

如今妻子的一言一行、氣味、打扮、聲音，她所布置的家和替他挑選的衣服，全讓他感到窒息。會不會連她生的孩子都讓他感到厭惡？

攤牌後，丈夫徹底變個人，再也不想忍耐任何事情。對妻子、家裡擺設、飯桌上的晚餐、小孩的玩具，以及任何雞毛蒜皮小事稍有不滿就破口大罵。讓人不禁疑惑難道之前都是假裝的？如果不是，那又是從哪一刻開始越過忍耐的限度，情緒暴漲到再也掩蓋不了？

「他以前真的不會這樣。」浩志馬麻說完後，忍不住替丈夫辯護。

現在浩志把拔每天在公司待到很晚，不然就安排同事聚餐，放假不再跟他們出門，連岳母家都不願意去。若難得在家，浩志一上床睡覺後，他開口就是提離婚的事，揚言已經找好律師擬定協議書。這週出差前還下最後通牒，要妻子趕快想想之後要搬去哪裡。

秋蓮聽得一愣一愣，劇情怎麼會轉折如此之快，事先不是至少要有些什麼徵兆嗎？

「回想起來，半年前開始加班次數變多。」

「會不會是遇上中年危機？」秋蓮臨時冒出曾經耳聞過的說法。所謂的中年危機切確到底是什麼，她也不是很明白。

「那怎麼辦？中年危機看精神科有用嗎？」浩志馬麻拚命要抓住任何一根救命稻草，「還是吃中藥呢？」

兩人把各種細節都推敲一番，還是想不出所以然，只知道既成的事實擺在眼前，下一步該做何打算才是最要緊的。

可是，為什麼是她？浩志馬麻可以找更要好更熟悉的朋友商量，卻找上她。

她看起來可靠，藏得住祕密？還是她好欺負，不敢亂講話？從窗戶反射的倒影秋蓮看到自己脂粉未施的面孔，那是一副不諳世事的呆相。

「我媽也離婚，只是沒我早。」浩志馬麻自顧自繼續講，母親等到她國三升學考試結束後才離婚，因為不想讓孩子心情影響到學業。離婚後，母親隨即搬到阿姨家住。阿姨在越南做生意，房子整年空著，樂得有人幫她照顧房屋。

「浩志才三歲多，他就不能忍耐到小孩大一點嗎？」

秋蓮不知該回答什麼，不過她聽說很多夫妻差不多都是這時候離婚。孩子生下來後，養育孩子的過程挑戰兩人的價值觀，有些人寧可選擇分開也不要委屈，有些人選擇為了孩子繼續忍耐。她對這些沒有任何價值評判，只是剛好讀過這類文章。委屈是否真的就能成全，她更無從得知。秋蓮知道現在最好不要隨便開口，做到傾聽的角色就好。

「我媽離婚是她選擇的，我以為可以跟我媽不同，好好扮演賢內助的角色，把小孩顧好，結果還是失敗了。」

「失敗？」秋蓮脫口而出。

浩志馬麻這才從情緒泥淖裡看向秋蓮，等著她繼續說點什麼。

秋蓮不曉得是不是說錯話，還是說了什麼不該說的。她曾有幾次因為說錯話搞砸事情的經驗，也遇過知道會搞砸還是說出口的時候。但浩志馬麻的眼神實在太迫切，她只好一次一點點，試探性說著。

「如果離婚是失敗，那沒結婚算成功還是失敗？困在不幸的婚姻會不會更失敗？身在幸福的婚姻中卻無法忠心，又該排在失敗序位第幾名？」她不是要故弄玄虛，而是真的不明白。

也許說到底，都是選擇而已。

當另一個人要離開時，你還是可以選擇留下來，或選擇離開，雖然不是一起離開。

說到這裡，秋蓮好像才突然搞懂什麼。阿一選擇離開時，她怪自己，因為沒能像有些人一樣瀟灑走掉。對於留下來並非是由自己選擇，而是不知道能去哪裡所造成的結果。於是她無法自拔一再回到記憶留戀的地方窺看，不斷寫著思緒紊亂的信件投遞到沒有回音的電子郵件，一再撥通同樣的號碼又懦弱地掛掉，病態地回想發生過的細節，幻想從哪個瞬間如果做出不同回應就能改變結果。過去的一切讓她自慚形穢，固執認為只要結果改變，她就不必再面對這些難堪。現在她明白，結果並不會不同。

可是把這些感受傳達給浩志馬麻的方法秋蓮並不知道，只能繼續聽著眼前這個無助的女人暫時不會結束的傾吐。

27

哥哥嫂嫂首度在新家舉辦聚餐。雖然才剛交屋，還有很多東西留在媽媽家來不及裝箱上車，不過小倆口看好時辰已經先搬過來。今天這頓飯是入厝宴，大嫂向最近很紅的連鎖餐廳訂一桌菜，還附贈水果拼盤和甜湯。

這個建案是為手頭寬裕的單身族或不打算生孩子的夫妻打造，雖然是二手，不過屋齡不到十年，聽說開放預售時瞬間賣完。屋內餐桌緊靠在流理臺旁，距離客廳的茶几只有五步，另一面則通往陽臺的落地窗，牆邊是尺寸偏小的冰箱。這種坪數，有些人可能連餐桌都不買，省下的空間可以讓屋內動線流暢些。也有人會設計成吧檯式餐桌，搭配風格簡約的高腳椅，既能調節空間層次感也能保有用餐空間。

根據前屋主的說法，當初這間是樣品屋，室內擺設、牆面系統櫃、垂吊的燈飾都是建設公司請一流設計師預先安裝好。等房子全數出售後，這間最後折價賣出。由於屋主滿欣賞原本的設計風格，加上在家時間也不長，沒那個閒功夫找人裝潢，所以才看一次就爽快簽約。搬進來後，隔天飛紐約出差三個月。中間又找了認識的設計師做細節微調，把採光提升到更明亮，臨時將就的家具因為品質不耐用，全換成大廠牌的基本款。

哥哥看中建案的地點能保值，還有屋內善用挑高格局的巧思，雖然權狀是一層樓，卻創造出上下兩層獨立空間，夫妻倆想各自獨處時不會互相打擾。嫂嫂偏好陽臺視野寬廣，由於旁邊是國小，確保不會有高樓遮蔽視線。大嫂還提議這邊學區不錯，小敏有需要的話戶籍可以先遷過來，方便之後就讀。

屋子真的跟新的沒兩樣，除了換新床墊、馬桶坐墊，其他都是之前留下的。媽媽一進屋先看向廚房，說這樣炒菜油煙不就飄得整個房子都是。秋蓮趕快拉住媽媽，示意她先不要多講。幸好嫂嫂正在給小敏看櫃子上的娃娃擺設，希望她沒聽見才好。對現在的購屋市場需求，廚房很多時候只是裝飾，能煮水餃、泡麵就好，頂多再擺個熱水瓶，冬天時燒開水泡茶。平常要吃什麼大家都習慣叫外送，冰箱當然也不用大。

既然廚房不能講，媽媽便轉到別處去。

連接上下房間的是鏤空樓梯，玻璃隔板取代欄杆，一層一層大理石臺階好似飄浮在空中。小敏一下子往樓梯上衝，媽媽看得緊張，正想說什麼，直覺先看向秋蓮。秋蓮對她使眼色。媽媽本來要說這座樓梯容易滑倒，對小孩和老人很危險，至少要在邊緣黏防滑貼條，但這些話都在秋蓮的暗示下順從憋住沒講出口。

媽媽到沙發上坐下，深深陷進還帶有新物品氣味的皮革裡，環視哥哥的新家。電視旁邊的櫃子陳設夫妻倆這幾年出國買的紀念品，風車擺設、自由女神公仔、巴黎鐵塔水晶球、鳥居造型的書擋。再往上看，有幾本財經、商業管理書籍，還有哥哥去年在公司受表揚得到的獎盃。

原來這是現在年輕人喜歡的，媽媽默默想著。

老家到現在客廳還是她結婚時的那套酒櫃，裡面放的是洋酒與陳高，不過瓶子是空的，擺著充場面而已。以前大家都這樣布置才顯得氣派。放書在客廳裡，那多寒酸啊。

沙發前的茶几整體都是鏡面設計，燈光照射下亮得刺眼，猶如沒有溫度的鐵塊。媽媽伸手摸一下，立刻在桌面留下指紋。她搖搖頭心想，這種家具不好維持清潔。

哥哥家牆上的時鐘跟媽媽以前見過的不太一樣，數字若隱若現，看得不是很清楚，可能是白內障又加重了。什麼時候要回診呢？媽媽一時想不起來。突然，貓不知道從哪裡鑽出來，像從前在家時跳到媽媽腿上，一下子就呼嚕起來。媽媽看得頭暈目眩，拚命眨眼睛，摸摸腿上的貓，淚腺被刺激分泌得更旺盛。

直到嫂嫂把送來的餐點擺好，喊大家上桌吃飯，媽媽可能是坐得太久，試一兩次都沒辦法從低矮的沙發上站起來。秋蓮眼尖，趕快過去拉媽媽一把。哥哥從房間另外搬兩張椅子出來，把餐桌邊的位置湊齊。這一餐飯吃下來挺熱鬧，擁有新家的哥哥嫂嫂滿臉掩不住的喜悅。

外面餐館的菜配色鮮豔，香氣十足，光用看的就讓人食指大動，但多吃幾口後不免覺得膩口，想喝杯水解渴。也因此，白飯一下子就被盛光，一口菜配三口飯，把每個人肚子都撐得飽飽的。

水果端上桌時，媽媽推說最近腸胃消化不好，實在吃不下。離開餐桌後，她在樓梯下找到貓，牠窩在還沒整理完的紙箱裡睡得可舒服。媽媽又慢慢在屋子裡走著，終於在廁所看到貓砂盆。她彎下腰來打開看看裡面，好像要確認貓得到妥善照顧才安心。

貓碗呢？之前她用一只青色捲花邊的碗給貓裝飼料，一只不鏽鋼碗裝水，怎麼都沒瞧見。媽媽四處找一圈，原來在樓梯下，只不過已經換成新的碗。坐回沙發上，媽媽仰頭看著櫃子上的擺飾，忍不住連打幾個呵欠，不知不覺居然打起盹來。

歪在沙發上的媽媽夢見小時候鄉下三合院的家，大伯二伯各住一邊，她家分到最靠近菜園那一側。每天放學後，吃過中飯，她就到阿婆房間午睡。阿婆身上都是藥味，可是她不介意，因為阿婆肚子圓鼓鼓的很溫暖，靠在旁邊睡得特別舒服。而且阿婆會把身子弓得彎彎的，把她圍住，讓人好有安全感。

哐啷一聲，媽媽從夢裡驚醒，原來是小敏的湯匙掉地上。低頭一看，貓蜷著身體睡在她腿上，好像阿婆。

餐桌那邊大夥吃得差不多，還剩下很多菜，肚子已經裝不下甜湯。嫂嫂勸秋蓮打包回去，這些菜留著他們也不方便加熱，微波爐還沒到貨。可秋蓮心想不好意思提剩菜回去給公婆。最後是媽媽擔心浪費，主動說要把剩菜帶走，半鍋湯、兩樣菜、一盒甜湯，分別裝進保鮮盒裡。

小敏隔天還要上學，看得出來大嫂招呼一個晚上也有點累，不宜再待更晚。秋蓮把新買的情人靠枕送給嫂嫂，三人準備告辭。

回程在計程車上，小敏像貓一樣靠著媽媽。秋蓮靠著車門，看著窗外飛快閃過的斑斕街景。小敏沒睡著，媽媽倒是又睡著。

看來媽媽真的老了，直到計程車開到家門口才醒來。

28

這回請的師傅是管理中心介紹的，他從這棟大樓三十幾年前蓋起來時就在附近開水電行，壁癌、漏水、頂樓防水工程他無一不包。這棟大樓的管線是如何走的、藏有什麼老問題，他都知道。就像他熟知附近鄰里的需求，所以口碑不錯。

師傅來的時候，他們才剛吃完中飯。秋蓮在廚房裡收拾，剩下小敏還坐在餐桌前跟半碗飯奮戰。師傅頭戴保安宮的棒球帽，一身仿冒Polo衫的條紋皺成歪歪扭扭的線條，黝黑的膚色和粗黑的指甲是吃苦耐勞的印記。聽完公公說明，他走到秋蓮房間那堵牆壁前，用指節敲了敲，從上到下看了看。搖搖頭。

「打掉才知道。」雙手一攤，退後三步，準備走人的樣子。

公公趕緊攔住去路，「不打掉不行嗎？」

「要不然就等漏的時候再找我來。不過，」師傅環視房間，「沒打掉就不知道裡面哪裡出問題。就算打掉，也不保證找得到漏水的地方。」

公公臉色不是很好，對於這番言論感到不以為然，但也不知能說什麼。

「而且就算沒找到問題，打掉和重新補牆的錢還是要照算。沒辦法，工已經做下去。」師傅在門口套上拖鞋後，又補了一句。根據他的經驗，很少有人家願意平白無故把牆拆掉又重新補起來，所以他也不打算多費唇舌，直接要走人。

「我們家是跟水犯沖嗎？」婆婆收掉小敏的碗後，從廚房裡走出來時幽幽說著。秋蓮知道婆婆指的是之前冷氣的事，現在又加上這一樁，心裡有點後悔把牆壁裡滴水的事告訴公婆，平添老人家的煩惱。另外還有房間靠外側牆壁漏水的事情上次忘了說，這下她更有點不敢開口。

下午，公公跟朋友去唱歌，沒到吃晚餐是不會回來的。

這時間小敏在午睡，秋蓮乘機收拾客廳的玩具，婆婆就著一桌剛剝好的大蒜一邊閒聊。大蒜是親戚寄來的，一顆一顆掰開來準備拿去陽臺晾晒，滿客廳都是新鮮的嗆味。

婆婆悠悠說起往事。他們一開始不是住在這裡。

剛開始大家都辛苦，又要賺錢又要養孩子，顧不上別的。白日裡大人各個都拚死拚活工作，房子能住就好，全家擠在一起。那個地方夏天熱得要命，下雨天漏水，颱風天淹水。不光他們家淹，整條街都淹，好像他們的努力隨時都會被一夜大雨沖走。當時每戶人家的狀況都差不多，大夥都抱著一時忍耐的心情將就著。

等存夠錢，一家一家往外搬，新的家庭抱著嬰兒又搬進來，也有的房子就這樣空下來。後來越空越多間，走過去見到的是一個一個黑壓壓的窟窿。可能因為都是抱著不得不棲身於此的心情，基於過渡階段的共患難情感，住在同一條街上時彼此頻繁往來，偶爾會借個針線盒或螺絲起子之類的日常用品，婆婆媽媽們一同標會應付家用之急，可是沒有真的留下什麼日後能找到的聯繫方式。能走的人都說走就走，一點留戀也沒有。

等了幾年，那一區的國宅蓋好，大家都去抽籤。結果他們家抽到備取一百多號，想也知道不可能候補得上。他們只好再多忍幾年，從拮据的生活用度裡一塊一塊把錢摳下來存。

好不容易輪到他們家要搬了。

公公換上乾淨的衣服搭上火車，找親戚借一筆錢。那時候人家發達得早，念在上一代的舊情，沒算他們利息。這份恩情公公到現在還記著，逢年過節一定提著禮盒去打聲招呼。剩下的款項用銀行裡的儲蓄填上，再把婚戒和長輩送的嫁妝金飾賣掉，好不容易湊齊錢買下現在這間老房子。

搬進來時，已經上國中的先生第一次有自己的房間，開心到好幾個晚上睡不著。小姑那時小學四年級，吵著要貼粉紅色壁紙，可是到了晚上卻不敢自己睡，硬要擠到主臥室跟公婆一起。雖然不是新房子，但對全家人來說就是新的開始。

由於想早點把錢還清，婆婆一口氣接好幾份家庭代工。每天把家務完成一個段落後，就搬張板凳坐到電視機前面，雙手動個不停，一個人就是一條生產線，無止無盡製造各種小物件，瓶蓋、長尾夾、卡片包裝等。好像電視是靠著她的雙手發電，或者反過來，電視替她的雙手發電。只要手還在動，電視就會開著。到現在，家裡整天開著電視的習慣還是維持著。那時候公公託人找到開公車的工作，順利取得駕照後，同事只要拜託他代班，一定答應，就為了快點增加收入。好不容易把親戚的錢都還清，夫妻倆幾年來日夜繃得緊巴巴的肩頭才總算鬆下來。現在他們對這間老房子的期待寄望在遙遙無期的都更。老住戶們都在賭一把，看能不能在有生之年換到一間新房子留給兒孫。

這個家，是靠雙手建立起來的，婆婆很得意地說。

她還說到有一陣子幫香鋪代工，家裡到處是上頭有鬼畫符的摺紙蓮花，怪嚇人的。完成一朵花的程序複雜又費眼力，後來覺得不划算，就沒繼續做。幸好那時候先生已經當完兵，剛就業，家裡就剩小姑一個人的學費要供，還過得去。

秋蓮聽了，覺得做家庭代工不失為一個暫時沒辦法去上班的替代方案，又是增加收入的權宜之計，立刻興沖沖上網找找看，果然有不少廠商在徵人。替縫好的衣服剪去線頭、裁好的貼紙裝進包裝袋、環保餐具組裝、立體卡片黏合等，這些都是依照件數計算酬勞，且按照不同品項分別有基本數量需求。她把仲介網頁傳給先生，後來想了一下，也傳給浩志馬麻。

先生回，等我明天回去再說。這表示他公司有事正在忙。

浩志馬麻回一張哭臉貼圖，大概夫妻又吵架。只是貼圖上的貓實在太可愛，悲傷被淡化，這可能也是貼圖的好處吧。

秋蓮想問問陳3意見，結果他看完後回，「老娘只想被包養。」

秋蓮又想到喬的建議，當小編幫忙做群組管理、回覆訊息，工作時間有彈性，又是自己人，不用讓仲介另外賺一筆。她越想越心動，點開團購的群組看看，最近在推過年福袋和禮盒、大掃除清潔劑組合包、韓國金盞花面膜、年節招待用的造型糖果、開運內衣。還沒到聖誕節，過年這一波商機已經如火如荼展開，喬想必忙得不可開交。

喬這次的工作撐得比較久，看來是玩真的。高中畢業後，喬因為爸爸工作的緣故跟著搬到其他地方，她們失聯一陣子。上大學後喬自己搬回來跟外婆住，有一年同學會才重新遇到。後來她們找到一間中型公司實習，喬常常在上班時間打瞌睡。有時候睏到眼睛睜不開，還跑到廁所去偷睡。因為是跟秋蓮一組，都靠秋蓮掩護她。最後喬沒撐過試用期就閃人。公司裡中規中矩、嚴肅沉悶的氣氛讓她的大腦潛意識缺氧，喝咖啡和提神飲料都沒用，就是想睡。不過這個毛病到下班就瞬間痊癒，立即恢復神采奕奕。

群組每天至少張貼一次新品，時不時有人在線上詢問。上禮拜主推飾品，可不是一般的手鍊和戒指，是請香港買手到黃大仙祠裡過火，祈福過的飾品，說是可以招財。為了取信買家，喬和朋友還把過火過程實拍給大家看。據秋蓮所知，喬是不信神也不信鬼的，所以原本還半信半疑會有人要買這玩意兒，沒想到群裡的客人趨之若鶩，很快加開第二團預購，讓秋蓮大開眼界。

隔天先生放假回來，她把這些事說給先生聽。由於自己還拿不定主意，所以東拉西扯，連浩志馬麻的事也說了些。

其實不用問也知道先生會怎麼回答，可秋蓮就是想找個人商量商量。

先生打開家庭代工仲介網，一頁一頁點著，驚歎生活裡這麼多用品原來都需要找人代工，髮夾裝袋、彩色筆裝盒、人造花瓣整理，多得讓人嘖嘖稱奇。原以為機械已取代大部分工作，實則仍須仰賴很多人力付出。

秋蓮一邊閒聊一邊整理先生這次帶回來的行李，先生則在旁邊剪腳趾甲。剛才吃完飯，先生已經把髒衣服拿去洗衣籃，不過秋蓮習慣檢查一下，經常還是會發現漏一只襪子沒拿出來，不然就是不明所以的包裝袋碎屑、沒吃完的麵包、皺成一團的文件。

這次倒是沒漏掉襪子，不過秋蓮摸到袋子角落時觸碰到一片硬硬的物體，心想不知道又是什麼垃圾。小小的，彩色的，在黑色的袋子裡面。秋蓮把袋子反過來，整個倒出來。

一起倒出來的有一支沒用過的吸管、捏成一團的收據、鑰匙，還有一片拼圖。正是小敏不見的那片拼圖。原來不知道什麼時候跑到行李袋裡才會怎麼找也找不到，連先生都覺得有趣。他壓根兒不知道拼圖就靜靜藏在袋裡，笑說這是寶物袋，什麼都能藏。

少一片的拼圖後來被擱置在架子上層，秋蓮小心翼翼端下來，把那片拼圖放到屬於它的位置。

那是一幅森林裡的動物音樂會，兔子拉小提琴、大熊打鼓、狐狸拉手風琴、獾吹號角，枝頭上洋溢著跳躍的音符，這些完全不同的動物們聚在一起快樂地演奏音樂。秋蓮突然發現先生長得很像那隻鼓著腮幫子吹奏的獾，忍不住笑起來，打算等一下偷偷告訴小敏。

29

這禮拜起，公公和婆婆早上開始到文化中心打太極拳。他們出門得早，小敏往往還在睡。

這條線還是管委會的人幫忙牽的。自從室外機滴水頻頻被抗議，管委會和公公打過幾次交道後漸漸熟稔，鄰里有什麼消息或門路都會順便介紹。

原先在他們社區工作的保全大哥退休後，經朋友介紹，跟著這位鄭老師練拳。管委會主任聽說婆婆晚上睡不好，熱心介紹公婆也一塊兒去練。

鄭老師平常在不同的社區大學開課，不過文化中心這邊是非正式的。場地用的是表演廳前面的空地，不怕下雨，假日很多青少年在這兒練街舞。走廊很長，每天早上這一頭跳國標，另一頭打太極。中間是年輕OL跳有氧舞蹈，她們最早結束，趕去上班。

打完拳，學員間比較熟的會約去逛逛，吃完早一些的中餐再回家。大家熱熱鬧鬧的你一言我一語，原本沒話的也容易找得到話聊，一早上很快就打發過去。用完餐，各自慢慢搭車回家，打個盹，做點簡單的家務，轉眼已到晚餐時候。到他們這個年紀，學會打發時間比如何節省時間更重要。

一連十多天的寒冷過後，這幾天天氣都好。早上八點一過，太陽慷慨放送光芒，亮得讓人睜不開眼。近中午熱得像夏天，人人迫不及待甩掉一層外套。秋天就是這樣讓人難以預料。

秋蓮帶小敏到公園，陳3不在，浩志馬麻也是。其他幾位媽媽見過但不熟，禮貌性點點頭後各據一方，此外來了一組新面孔，是位有點年紀的媽媽，幾根灰白髮絲在陽光下特別明顯。可能是還在餵母乳，所以她寧可頂著白髮也不敢用染髮劑。因為上了年紀才擁有孩子，特別寶貴，於是對待孩子有著源源不絕的耐性。她們的人生前半場不管主動或被動都經歷不少跌跌撞撞，多半經過深思熟慮才願意冒生理極限的風險生下孩子。這位新來的媽媽亦步亦趨跟在孩子旁邊，孩子才剛會走路，軟綿綿的腿走不了幾步就趴下來，要不就是讓媽媽扶著兩隻手走。

小敏正在攀岩溜滑梯那兒往上爬，一比較之下，才驚覺小敏真的長大了。之前還要秋蓮在底下托著屁股才上得去，現在懂得手腳並用，一眨眼就爬上去。瞧小敏一臉開心模樣從滑梯上溜下來，彷彿溜得比時間還快。

秋蓮正看得出神，沒注意到陳3端著一盤蛋糕過來。「給小孩吃。辦公室裡面有人生日，請大家吃的。」

「怎麼不留著自己吃？」

「怕胖。」陳3故作神祕，「最近有在練。」他捶捶胸口，不過可能衣服太厚，看不出到底有沒有胸肌。

「教練帥嗎？」

陳3立刻滑開手機秀出照片，一副喜孜孜的神情。教練規定三餐飲食要控制，每天吃什麼都要拍照傳給他檢查。「所以蛋糕不行，上面有鮮奶油，會被他唸。」他點開相簿，果真都是一天三餐的照片，「晚上幾點睡也會跟他報告，說聲晚安。」話都沒說完，陳3的嘴角忍不住上揚，笑得可開懷。

「你清醒一點，這是最近健身中心常用的招數。」

「我不管啦，反正有人可以傳訊息就是開心。而且順便練起來放也好，誰知道什麼時候會遇到真愛。」

「真愛才不在乎你有沒有胸肌咧。」秋蓮每次跟陳3聊起來特別能言善道，自己都覺得奇怪。

「先走了啦，免得被課長發現。」陳3起身快步跑回去上班，突然又折返，「有新進度要跟我說喔。」

秋蓮假裝摀住耳朵，然後又誇張地擺擺手把他揮開。

她突然有點懷念起更年輕時身邊常有好姐妹陪伴的時光。二十幾歲那些年，大夥兒沒家庭沒拖累，動不動就賴在一起，聚餐、逛街、徹夜聊天。偶爾有人忙著戀愛消失一段時間，雖然會被大家酸，但失戀後哭喪著臉回來，還是能得到擁抱。

三十幾歲時，一些人工作穩定下來，一些人對象穩定下來，幸運的人則是兩者都擁有。當第一顆紅色炸彈點燃，猶如遍地開花，更多喜訊傳出。還記得有幾年間，大家跑婚宴跑到有點麻痺。

接著是懷孕和新生命，相似的流程在一些人身上跑一輪，先是分享超音波照片，接著是蓬頭垢面抱著剛出生的皺巴巴嬰兒照，還有第一瓶母乳。然後是小孩的每個第一次，第一次大便、第一次吃副食品、第一次玩沙，每個階段都佔據數量龐大的記憶體。可是也因為這樣，朋友們越來越少見面，工作和家庭是成就也是羈絆，是避風港也是牢籠。

有一年同學會出席的都是已婚同學，單身的一個都不見蹤影。後來私底下問，原來他們因為不想一直聽育兒和罵老公之類的話題，所以乾脆不來。而已婚同學則是平日悶得慌，趁老朋友見面時大吐苦水，可惜還得趕回家顧小孩，不然真想聊個通宵。

如果沒有結婚的秋蓮，這時候會是什麼樣子？會關心什麼話題？

也許還在一次又一次的狀態中顛簸，像喬一樣。不過喬樂在其中，她喜歡不安定，主動擁抱改變。

也許她還在嘗試突破同溫層，在工作上繼續挑戰自己，像個Amy那樣的女強人，只有自己能擊垮自己。

或是跟陳3一樣找份穩定的工作，沒有太多企圖心，隨遇而安。

這樣一想，每個人最終都依照自己的個性選擇適合的路。那麼被Amy批評為沒有野心，被喬認定太過安分，被陳3認證其實有點瘋狂的她，到底擁有什麼樣的個性？如果現在的生活就是她想要的，但為何還是會感到不安？秋蓮看著公園裡其他人，卻一點也辨認不出每個人真正的樣子。

在待產和育兒將近三年多的時間，被困在家庭裡，而事實上她經常期待離家。

會這麼想並不是要捨棄家庭。她從來沒思考過「活出自己」這類空泛的口號，女權至上的話題也沒有興趣追究，只不過是想要同時擁有家庭與工作、孩子與自我。Amy說，「跟公婆住，誰都會想往外跑。」話說得沒錯，不過她也是因此才發現原來自己渴望工作。工作付出的勞力與時間能看到實質的計算與回饋，並且會有完成的時候，也有休息的時候。

而第一個讓秋蓮在人生中碰觸到結婚這個念頭的，是阿一。即便過程荒腔走板，結局慘不忍睹，可在過程中確實讓她窺視到所謂的成家不只是兩個相愛的人在一起。

愛情根本就不足以支撐一個家。要夠強大、穩固撐起家庭的，是愛情之外更重要的事情，雖然那些事很俗氣。如果當初真的跟阿一結婚，光用想像的就讓她發自內心打哆嗦，回憶中那股冷得徹骨的孤單再度浮現，她一定會每天生活在喘不過氣來的孤寂與冷漠中，最後枯萎而死吧。

Amy的嘻哈算命師說，「會走掉的，都是不好的。保持本身能量乾淨，自然可以避開髒東西。」

秋蓮把這話講給陳3聽的時候，他傳來一張笑趴在地上的貼圖，「髒東西，是在說業障嗎？我只知道前男友們都是孽障。」然後又突然一本正經的說，「對我來說是孽障，但對別人來說有可能是寶，我看他們後來跟交往對象都過得不錯。」

「你吼，又在偷看前男友的帳號，幹麼自討苦吃。」

「業障太深啊。」陳3附上一張皺著眉頭的討拍貼圖。

事後回想這段話，覺得確實很有道理。讓秋蓮飽受折磨的阿一其實是個好人。他有不少朋友，工作能力備受肯定。在他有點叛逆的外表下隱藏的是一顆善良的心。可能就是因為如此，他才會在十二年後寫信來道歉，提議當面談談。

阿一並不壞，秋蓮也不差，只是不適合，沒有誰是髒東西。

不過這些是之後才想通的，因為那天她還沒來得及反芻這些想法，陳3就丟來一個爆炸性的消息。

「再過一陣子我要走了。」

「？」

「申請調職回老家，最近通過了。」

「……」

「嚇到妳了？拍謝啦。我收到通知時也覺得很突然。本來以為機會不高，可能會被內定人選擠掉名額，所以送申請時沒跟大家說。」陳3過兩個月就要到新的戶政事務所報到，這邊還有房子要退租、搬家等無可避免的麻煩程序。在這裡住了好多年，陳3這才發現小小的單人套房裡竟然塞進這麼多東西。

「最近到處在送東西，下次也帶給妳。」

「……」

「不要這樣啦！放假還是可以來找妳玩，又不是搬到國外去。是說如果真的能到國外好像也不錯。」陳3習慣用開玩笑來掩蓋所有的情緒，「人家也想跟老外交往看看。」

「走之前，一定要碰到面。」秋蓮這才回覆。她赫然發現這些年的磨練，已然讓她學會道別的勇氣。

說再見對有些人來說很難，有人花很多時間才能學會，有人永遠都學不來。這次，她想要勇敢面對。

29

自從加入喬的團隊，秋蓮很多心思都在想文案。頭腦擠不出半點靈感時就上網看看別人怎麼介紹商品，如何才能打中消費者的心，讓大家心甘情願打開荷包撒錢。

喬時常提醒她，別忘記自己就是目標族群，「把試用心得照實寫出來，最能打動人。三句好話中加一句中肯的負評，可以讓客人更有信任感。」喬如數家珍分享心得。

秋蓮把新商品帶回來研究，洗面乳、護手霜都用用看，從熟悉的地方著手，果然就容易得多。整理商品規格、資料、貨號等雜務也越做越順手。她還發現善用貼圖是跟客戶互動的小祕訣，可以讓氣氛多一些輕鬆，少一點討價還價。雖然成天面對一連串符號組成的帳號，但是和面對面交談的張力比起來減低許多。秋蓮還學會怎樣炒熱群裡氣氛，招呼新加入的帳號。

公園那群媽媽先被她拉進來，其他人又帶進別群朋友，越做越大。原以為困難的事情彷彿一眨眼就成了，之前還猶豫老半天。喬一直笑說她是剛入行的老手。這兩天趁著空檔搜尋網路上新崛起的商品，觀察有什麼潮流有捲土重來的氣勢，她會主動提供資訊給喬，讓進貨商品多元化。

不過她給自己立下一個規定，陪小敏的時候絕不盯著手機看，這是對這份兼職工作的底線。在群裡她也公開聲明，陪小孩時恕不便立即回覆。沒想到群裡八成以上都是為人母者，反而很認同她的做法，因此更支持她推薦的商品。

有些客人問商品的事，或是不方便在群裡殺價，會私訊她。聯繫幾次以後，偶爾會話家常，畢竟買的都是家用品。買鮭魚香鬆，順便提到孩子挑食和尿床；買梅酒禮盒，順口聊到要送工作上幫忙的同事；買美容品，有時說起家裡老公或前夫的事。話題一旦展開，跟婆家有什麼齟齬，手足間有什麼陳年紛爭都一古腦兒講出來。好像買東西是其次，一次又一次在手機裡鍵入細細碎碎的心事才是最要緊的。每個貼圖背後都有一張真實臉孔，臉孔的主人就算沒有得到解決方法，只要能朝著守住祕密的樹洞說出來就好。

其實大家都知道問題是沒辦法解決的。然而透過單純訴說，讓發生在自己身上的事情不會像風裡的燭火無聲無息滅去。就跟秋蓮的故事一樣，明知微不足道得令人羞於掛齒，硬要說出口的話，自己都會覺得是無病呻吟，肯定也會被人家嘮叨是身在福中不知福。但，偶爾就是想找人說一說。

所以秋蓮在手機的這一邊傾聽與試著了解，不用回應什麼大道理，因為每個人心中早有定見，可能的話只要給予安慰。慢慢的，她越來越熟悉這群陌生的聲音。

她們不一定彼此見過面，或者頂多見過幾次，知道是誰的朋友，甚至有些連結的路線太過錯綜複雜，彼此全然陌生。但每天經手她們買的東西，尋找她們的需要，摸索她們的喜好，以及在每一次祕密談話時知道更多故事，秋蓮漸漸尋找到之前她在尋找的，模糊而不知如何定義的感覺：從原本比較窄小且封閉的地方走到相對寬闊的地方。

在這裡有著形形色色的人，有人需要她的幫忙，有人需要她的傾聽，她是被需要的。這和在家裡的感覺不同。被小敏需要是天性使然，是不經選擇下的結果。

而在這個被需要的地方，她察覺到不同的人與不同的故事都有著不可思議的相似。大家有著各自的背景、個性、欲望，可是也一樣平凡。不管是很久才下單一次的人，還是三天兩頭就下單的人；不管是喜歡用貼圖的人，還是每次訊息都打很長一篇的人；不管是看起來幸福或不幸福的人，她們都有想守護的事物。是這些人讓平均值成為平均值。生活很公平給她們想要的，以及剝奪，然後她們掙扎和反抗，妥協與讓步。她們的故事，也像她的故事。

秋蓮沒把這些感受告訴任何人，因為講起來簡直是廢話連篇，可是頭腦不靈光的她就是要花上這麼長時間才能看懂眼前發生的事。大家應該早就知道了，她想。這些不過是人生中俯拾皆是的小小感觸，就連曾經後悔不已的決定、痛徹心扉的往事、揮之不去的夢魘，終究是過眼雲煙。但就像手上的繭，那是時間慢慢累積的證明，是某些人經過的痕跡，某些事被忘掉後留下的疤痕，某些以為可以輕易忘記的心情。

回完最後一個訊息，把小敏踢掉的被子重新蓋上，秋蓮瞧著她粉嫩臉頰因熟睡而紅潤，小小的雙腳似乎又長更長。每天在眼前的孩子，抱著摟著，卻總是在某個瞬間才會驚訝孩子又長大一些。

秋蓮按摩疲勞的雙眼，撕開一包蒸氣眼罩敷上，薰衣草氣味果然特別助眠。這類東西現在要多少有多少，用成本價就能拿到，以前秋蓮可是捨不得花這類小錢的，這也是開始加入團購工作後的改變。

這一晚秋蓮又夢見阿一。

久違地，回到阿一那幢小房子的二樓。彷彿之前的夢境中因著出現在不同的場景，阿一經歷漫長的旅程直到現在才回來。

夢裡，外面天色還亮著，不知是清晨還是午後，天空是一片沒有擰乾的溼潤海綿。

阿一說肚子餓了，便在秋蓮充當工作桌的餐桌前坐下。記憶中，流理臺上方的櫃子裡有很多袋裝維力炸醬麵，似乎是阿一的最愛。不過秋蓮反而從流理臺下方的櫃子裡拿出很久沒用的雪平鍋，在水龍頭下輕快地沖洗。飲水機發出咕咚咕咚聲將水注入鍋裡。秋蓮熟練地打開瓦斯爐，把豆腐切成方便入口的大小。她又準備一只碗打蛋花，切一點蔥花，動作流暢得好像練習過上百次。

鍋裡的水不一會兒就滾了。秋蓮把豆腐從砧板上緩緩推入鍋裡，一些水花濺起，不過不礙事。接著舀一匙味噌，放入湯裡用筷子攪拌直到融化，水色轉而混濁，呈現誘發食欲的褐色。最後在湯滾的時候，秋蓮緩緩倒入蛋花，適當攪拌。這時候，屋子裡想必充滿食物香氣。

盛起一碗裝滿料的湯，撒上蔥花，秋蓮小心翼翼端到阿一面前。湯匙不知何時已經準備好，就放在一旁。

前面幾口最燙，要耐心吹涼，等口舌習慣溫度就是最好喝的熱度。秋蓮在一旁耐心看著。

阿一一口接一口喝著，很快向秋蓮再要一碗。原本就只是要暫時止飢，沒打算煮很多，所以盛完第二碗，鍋子裡已經剩沒多少。秋蓮把剩下的湯倒入自己的碗裡，和阿一坐下來一起喝。

阿一沒說什麼，可是表情滿足。如果每天持續煮這樣熱騰騰的湯給他喝，他心中結凍的傷處會不會慢慢融化，最後痊癒呢？他的手是不是就可以足夠溫暖到能好好牽起別人的手呢？

這些問題依舊是不會有答案的。

十二年前的秋蓮從沒下廚過，不懂得如何煮一鍋暖人脾胃的湯，不知道蛋怎麼煎才好吃，更不會計算用電鍋時內鍋和外鍋該倒入多少水。那時候的她什麼都不會，赤裸裸面對阿一的質問與追索，想給也給不出任何東西，好不容易給出來的卻慘遭嫌棄被扔在一旁。

其實煮湯很簡單的，現在秋蓮會這樣說。味噌湯、排骨湯、餛飩湯、酸辣湯、苦瓜湯、玉米濃湯、竹筍湯，都難不倒她。煮一鍋白米，順便蒸一條魚，小事一樁。婆婆五十肩越來越嚴重後，有時候一桌飯菜都是她煮的，三兩下就能完成。

如果問她以前為什麼不會，現在為什麼會。她會說，因為以前還不需要會，現在需要。就這樣而已。

沒有特別學習，只是走進廚房，手邊開始備料，兒時看媽媽煮飯的記憶自然浮現。媽媽說要先熱鍋，肉絲炒到半熟再放其他配料，菜葉不要悶否則容易發黃，小火慢煎的魚才會酥脆，這些叮嚀在她耳邊響起，她就照著做。

夢裡的她喝完那一碗湯就醒了。這次和之前醒來的感覺不同。秋蓮清楚明白到，這次夢裡的她不是十二年前心裡滿是被責備的慌張、即將失去的悲傷、無能為力的軟弱，還有自卑感的她。而是此時此刻的她回到十二年前的阿一面前，從容、自信地煮一碗湯填飽他的飢腸轆轆，而且不再害怕直視他的雙眼。

未來可能還會繼續做別的夢，可能又會重複做起尋找阿一與固執撥打電話的夢，但至少這一次秋蓮成功從夢裡脫身，完好無缺。

醒來的秋蓮看著窗外和夢裡一樣的天色，是清晨。被窩裡暖呼呼的，她的雙手像剛喝完熱湯一樣溫暖。

秋蓮披上前一晚放在床邊的外套，穿上襪子，準備迎接踏實而嶄新的一天。

30

明天就是跟阿一約定的日子。

準備換衣服出門時，手機預設的行事曆傳送提醒通知。由於這陣子手機耗電快，訊息又多，秋蓮怕吵到小敏作息，經常切換到震動模式。等看到提醒通知時，已經和小敏在公園玩。

秋蓮今天下意識挑了張背對戶政事務所的坐椅，多少是出於逃避的心態。

陳3提前離開了，沒幾天前的事。可能受到天氣劇烈變化影響，家鄉的老爸心血管疾病復發住院。陳3用電話把工作交接完成，行李拜託室友幫忙寄送，押金請房東轉帳，就趕緊請假連夜搭車回去。

結果還是沒來得及在走之前見到面，秋蓮多少有些落寞。

「等我爸出院再回去看妳。」

「你自己多保重，先照顧家人吧。」

陳3這幾天睡在病房的陪病床。頭兩天，藥物的緣故，老爸有時白天也在睡覺，他乘機在醫院四處溜達。輪到做各項檢查時，有專人推病床，陳3拿著檢查單據跟在旁邊闖關似的到處走。等老爸狀況好一點，每天兩次，把老爸推到病房外面透氣。

「醫院美食街滿厲害的耶。」陳3一開始還會傳這類訊息給秋蓮，附上餐點照片。

「我又不是你教練，傳照片給我幹麼。」秋蓮刻意聊點平常的話題，希望能讓陳3心情放鬆些。「還有繼續練嗎？」

有時候會提到，「今天來巡房的醫生蠻帥的。」後來陳3的訊息變成，「醫院的食物吃到要吐了，超膩。」不過才短短五天的變化。

能幫得上忙的事不多，簡單的攙扶、倒水或拿東西，除此之外，陳3空閒時間挺多。父子間本來就沒什麼好說的，對話只有功能性的語言。因此在病房時，陳3成天盯著自己的手機，老爸盯著牆上的電視。要到老媽拿換洗衣物來的時候才帶來豐沛的聲響，那是由零碎的嘮叨、芝麻綠豆大的情報和不明所以的碎語所組成。老媽猶如一陣聲音的龍捲風。

從陳3不時傳來的訊息透露出煩悶，一方面是待在醫院無事可做，一方面擔心老爸的病況。秋蓮想起爸爸生病那段時期，旁人說再多安慰的話都顯得多餘，每天一次等待主治醫生旋風式到來才是最大的期盼。也唯有醫生宣布好轉，才能讓家屬放下心來。

「幸好你即時調回去，之後可以幫忙照顧。」秋蓮在訊息後面加上大大擁抱的貼圖。

術後照顧和復健沒辦法靠老媽一個人，況且姊姊剛生完第二胎，要隔週末才能回家一趟，陳3這次調職來的真是時候。原本他們還打聽申請看護的事，但老人家不習慣家裡有外人，所以陳3回來讓老媽頓時鬆一大口氣。

今天輪到老媽去醫院陪，陳3回家負責把位在二樓的單人床搬到一樓，這樣老爸在完全恢復前先不用爬樓梯。陳3事先聯繫兩位高中同學來幫忙搬。一個是繼承家裡老字號麵店的小老闆，所以工作時間有彈性，一口就答應這個任務。另外一個在市場賣鳳梨的同學也來，他說反正最近不是產季，不甜的他不賣，在電話中爽快答應。陳3是他們班上最會念書的，後來考上公職，派任到外縣市後很少跟大家聚聚，所以知道他要回來，大家都挺高興的。

除了搬床，一樓原有的擺設都要重新更動，多出來的家具得另外找空間放，一天下來有得忙了，所以到現在都沒陳3的訊息。不過沒消息就是好消息，秋蓮再次關掉手機畫面。

昨天回群組訊息所以晚睡，秋蓮到現在還有點昏沉沉，在公園裡呆呆看著小敏玩得正起勁兒。突然有人拍拍她的肩頭，著實讓她嚇一跳，把睡意一下子都趕跑。回頭看見的是二十多歲的年輕女子，面容滿是善意的微笑，雙手遞來一個盒子，「妳是秋蓮姐沒錯吧？這是陳先生要我拿給妳的。」

既然對方連她的名字都說出來，應該錯不了。

女子指向背後的戶政事務所，秋蓮這才會意，原來是陳3的同事。應該說是前同事。這時她才注意到女子身上穿著跟陳3相同的工作背心。

陳3離開得很匆忙，辦公室的東西拜託這位同事打包用快遞寄出，剩下這個盒子請她幫忙拿給秋蓮。唯一留下的線索是帶著小女孩的媽媽。

「妳怎麼知道是我？」

「其實我已經認錯好幾個人。」女子的臉一下子就紅了。她的頭髮簡單紮成馬尾，不過瀏海是給設計師剪過的，妝容素雅，適合上班的模樣。穿著杏色雪紡紗上衣，底下搭配針織裙，姣好的身材一覽無遺，讓人不由得羨慕年輕真好。

「陳哥說我可以找妳聊聊，」女子小小聲說，似乎是習慣這樣說話的人。

「找我？」

「嗯，」她低著頭，腳尖撥弄地上的石子，就是沒再出聲。

秋蓮耐心等著，最後還是主動問，「感情方面？」

「最近跟男朋友分手，心情一直很悶。」石頭總算被踢開。

「分手多久了？」

「七個多月。陳哥一直叫我想開點，但……」

這不算「最近」，而是很久。如果是喬，七個月的時間已經可以換兩任。

這下她知道陳3叫她來找秋蓮的原因。因為秋蓮是前輩。走不出情傷的人生前輩。她自己搞了好幾年，這位小妹妹才耗七個月，真的算不了什麼。

「所以他把我的事告訴妳了？」

「沒有，只說想找人說話時可以找妳。」那就好，因為就算到如今她也當不了什麼愛情顧問，當然也不會笨到相信網路上戀愛專家寫的文章。聽人家說話倒是容易，而且最近越來越得心應手。

「所以是對方提分手囉？」

女子點點頭，失神的雙眼已經泛紅，兩隻手相互絞揉著。

「先把手機拿出來。」

女子露出疑惑。

「檢查妳有沒有把他的號碼封鎖加刪除。」秋蓮一副權威的口吻。女子半信半疑拿出手機。

「好啦，跟妳開玩笑的。不過這個要換掉倒是真的。」她指指女子的手機桌面，是一張情侶自拍的合照。雖然只是一瞥，不過滿帥的，但也就是路上都有的路邊帥。秋蓮突然再次領悟到陳3為什麼把這個小妹妹託付給她。

為了一個帥不到哪裡去的男人，說俗氣一點，也不知道有什麼通天本領還是萬貫家產，或是不得了的條件，兩人更沒有愛到心電感應，卻遲遲無法走出這段感情，白白讓大好青春流逝。此情此景，似曾相識，可不就是當年的她嗎？

陳3這招還真狠，居然最後出這一手。

回到家裡，她把陳3給她的盒子從塞滿小敏物品的袋子裡撈出來。覆滿黃斑的紙盒拿起來有點份量，可是不大。

打開來後，看見是一個音樂盒。這次換她有點想哭。

她用指間轉動音樂盒小小的把手，清脆的樂音傾瀉而出，猶如點點微光閃動，一下子灑滿房間。

最後一次從阿一家離開時，沒來得及帶走心愛的音樂盒成為這段往事最讓她不捨的部分。

還記得那時候陳3提議要送一個給她，說是前男友給他的。「那個音樂盒擺在家裡看到就煩，丟掉又覺得浪費。」剛好他不知道要怎麼處理，這下找到接班人了。那是他們去日本滑雪時買的，陳3到後來一次也沒滑成功。把滑雪用具歸還後，拿回押金，抱著不甘心的心情硬是要男友買下這個音樂盒送他。

不甘心的不是沒學會滑雪，而是男友的多情始終無法回應他的真心。前男友在兩人難得的旅行中偷偷跟曖昧對象傳訊息，還不停傳自拍照到網路相簿，裡面連一張他們兩人的合照都沒有，被陳3發現後還死不承認，「用膝蓋想也知道這個王八蛋抱著什麼居心。」他說這個音樂盒是自己鬼遮眼的證物，「到現在還沒丟掉，是要提醒自己不要再為不值得的人浪費感情。」陳3瞪大眼睛說。

可是聽完秋蓮的故事，陳3又覺得音樂盒何辜。不管出於什麼樣的心意，鑄刻在裡面的樂音永遠單純反覆唱著，如同在提醒人們哪怕是一次又一次單調的重複，生命也不會停下往前的腳步。

現在，這個音樂盒從一段螯人的感情報廢物變成友情的見證。

秋蓮用手機錄下音樂盒的音樂傳給陳3。

陳3回她一連串的愛心圖案。「這麼快就想我喔。」

「三八啦。」

聽著音樂盒，秋蓮突然有種特別的想法，陳3像是專程來替她把那段回憶帶走的人。許多塵封的記憶在訴說中彷彿被轉動輪軸的把手，滔滔不絕想起與說起。而陳3敞開自己聽著，並且收下，最後幫她打包後帶走。

陳3走了，帶著她的故事。

31

一到季節轉換，天氣忽冷忽熱，遺傳到秋蓮過敏體質的小敏昨天晚上開始流鼻水，今天早上打算帶她去看醫生。其實連秋蓮也應該看一下，因為半夜起來擤好幾次鼻涕，睡得不好，枕頭邊上開著一簇簇衛生紙揉的白花。

小敏又長大了，這幾天不怎麼願意坐嬰兒車，常常會掙脫安全帶站起來，想爬下車自己走。母女倆牽著手，還沒到診所門口就看到人滿為患。家長們帶著孩子有些還在人行道上等著，快叫到號碼的則在診所裡面，不過椅子總共也只夠五六個人坐。看看這個陣仗，這下有得等了。掛完號，排到第二十六號，櫃檯上頭的叫號燈才顯示到九號。

雖然到此刻都還沒決定要不要赴約見阿一，不過昨天已經先把雲端行事曆的提醒通知關閉，心情倒也平靜。

如果要赴約的話，看完診，得趕快帶小敏去搭捷運。

走到車站要五分鐘，如果是帶著小敏要十三分鐘。途中會經過一家小敏愛吃的早餐店，不過她們今天已經吃完早餐才出門。早餐店門口有一隻大熊娃娃，小敏喜歡跟大熊比身高，這半年她已經快要到熊肩膀的高度。老闆是一對年長夫婦，對小孩子很熱情，有時候還會在蛋餅裡多放一點肉鬆。買羊奶時，會讓小敏從一堆廠商贈品裡挑想要的玩具。

搭捷運的過程得轉一次車，轉乘月臺要往下一層樓，起站到目的地共會經過八站，搭乘時間約十五分鐘。出站後，如果從最近的出口出站，因為沒有電扶梯，加上帶著小敏，到達約定的咖啡店要走十七分鐘。如果從另一側電扶梯出站要過兩次馬路，加上等紅燈的時間前後估計要花二十分鐘。

秋蓮很多年沒去那邊，幾次搭公車經過，發現新開兩間手沖咖啡店、一間花藝教室，轉角多一家高價位的麵包店專賣生吐司，前些時候排隊人潮可多了。本來的傳統文具行被便利商店取代，上年紀的老闆不知搬去哪裡，隔壁則開起美式風格的自助洗衣店兼賣咖啡。至於巷子裡的變化如何就無從得知。

小敏可能會對沿途經過的雕像感興趣而多耽擱五分鐘。那是一座介於抽象與寫實之間的作品，彷彿站在路口等著過馬路的人，又像是在沉思。只不過他的身體在藝術家的設計下缺少好些部分，尤其是重要的眼睛和胸口，腳部則勉為其難站立，好像是風雨將他沖蝕得如此殘破，或者是這條日夜人車川流不息的馬路輪番沖刷著他，使他一點一滴失去身體。藝術家巧妙取得平衡，讓雕像看似站立又帶有隨時將踏出步伐的錯覺。他長得很高，很瘦，雙手又細又冰。

小敏可能會問，「他怎麼了？」可能會想牽牽看他的手。也可能因為害怕而不敢靠近。

可是她會告訴小敏不用害怕，那個人只是受傷而且累了，所以站在那裡休息一下，等想好要去哪裡再出發。遇到這種時候，大家都會需要好好休息。可惜旁邊沒有椅子讓他坐下，或是有人過去拍拍他的肩膀，跟他說一聲，「已經沒事了。」

然後秋蓮和小敏會繼續走，來到巷口時，尚且沒察覺有什麼異狀，小敏的目光會先被對面小公園的鞦韆吸引。她會跟小敏約定好，如果等一下在咖啡店能乖乖坐好，結束後就帶她去玩盪鞦韆。小敏會依依不捨回過頭看其他小孩在鞦韆上盪得好高好高，然後拖著小小的腳步跟著走。

走到對面時，秋蓮會看見熟悉的招牌還高高掛著。走近看，她會發現店裡其實沒開燈，照亮裡頭深褐色木頭桌和充滿咖啡漬布面坐椅的，是外頭的陽光。要不是對街的樹又長得更高了，遮住大部分的陽光，應該可以把店裡照得更清楚。

裡頭擺設和十幾年前一樣，連堆在角落的紙箱、裝咖啡豆的布袋，掛在吧檯上印有店名的咖啡杯都還在。隔著門扉，四十多年老店的咖啡味依然不減，木頭地板、家具、櫃檯、屋頂、樓梯，全都滲進濃濃的咖啡香。當然，陳年發霉的臭味還在，窗戶上的膠帶也還在。破掉的玻璃被這條頑固的膠帶黏住，撐過無數次颱風，居然還沒掉下來。在這一側的窗戶可以看到對面的書店，不過那是以前，現在是在地品牌服飾店，風格大膽。看起來像老闆的人正在替模特兒假人穿上冬季套裝。從另一側窗戶能見到靠牆的烘豆機已經不在原來的位置，吧檯上擺放咖啡機的位置留下痕跡，旁邊有一圈圈擦不掉的褐色汙漬。通往洗手間牆上的那幅是米羅的複製畫「太陽起舞」，不過已經褪色到幾乎無法辨識，和壁紙差不多。秋蓮曾在百貨公司送的月曆上看過那幅畫，因為覺得名字很特別，所以無意間記住。不過那也是很久以前的事，現在已經沒多少人使用紙本月曆。

印象中，木製店門不厚重，很容易就能推開。現在，玻璃門上的店名已經被刮掉，剩下淺淺的痕跡，只有知道的人才認得出來。

店門口的階梯上向來擺一只菸灰缸，鋪著咖啡渣，現在剩下一堆短短的菸屁股泡在雨水裡，咖啡渣看起來跟旁邊盆栽的泥土沒兩樣，而盆栽則已經枯萎多時。

如果秋蓮照計畫中的時間前往，抵達時會剛好吹來一陣狂風，把招牌吹得吱嘎作響。這一陣風會一路吹向路口，連無人的鞦韆也會被吹動。更多葉子會隨著這陣風脫離樹梢在空中賣力跳著唯一一次墜落的舞蹈，盡情翻滾、纏繞，乘著氣流上升而後悄然落下。

然後這陣風會繼續吹過那所高中旁的巷子，經過幾臺隨意停放的腳踏車，它們這些年來被重新移動與推擠好讓出更多位置停放機車。而這些無主的腳踏車之所以還站著，是因為它們的零件相互交纏。由於生鏽的結構緊緊卡在一起，連它們都分不清自己和對方的區別，成為彼此的依靠。

其中有一臺還殘留一點藍色的漆面，像是阿一當年毅然決然背著最後一袋行李，停放在這裡，然後搭上捷運，轉乘火車回去老家的那臺腳踏車。可惜秋蓮沒有目睹，否則她應該能認得出來。

可是這陣風不會為這些小事暫留。

它又繼續吹，在紅燈剩下兩秒時提前奔馳過馬路來到雕像身邊，自在地從空洞的胸腔穿過，好似那是特地為它準備的通道。而因為那陣風帶動，雕像會在無人察覺的一瞬間彷彿真的要邁開腳步，但最後還是停住。

反而是雕像旁的行人，一位剛到新公司報到，經過整個上午終於把每個部門的位置和業務都認識完，準備跟前輩去吃午餐的ＯＬ，因為風夾帶的沙粒吹進右眼而停下腳步，錯過這一次的綠燈，因而讓她想起三年前到海邊玩的時候，在沙灘上寫下的願望。

另一位男子的帽子被風吹起，掉在身後的人行道上，他趕快撿起來重新戴上，掩蓋漸漸稀疏的髮頂。此時他不知道即將交往的女友並不在意這一點小事，只想著要邁開步伐追上最後幾秒通過馬路。

一隻落單的鴿子停在路燈上，被風驚動後本能地用力拍打翅膀，因而吵醒騎樓下熟睡的黑狗。牠是在資源回收場被生下的，從來沒被人類豢養過。

但也就短短的一瞬間，風又轉過身來在雕像耳邊留下無人能懂的悄悄話，然後一溜煙往捷運站裡鑽。

它不需要一階一階走下去，它是自身的滑道，一骨碌抵達月臺邊，和剛關上車門的捷運一塊兒衝入黑暗的隧道裡馳騁個痛快。等它玩膩，會在轉乘站搭上另一臺車出發，在隧道裡發出放肆的尖叫。

最後，它重新來到地面。

經過盡情飛舞後，風力減弱，在中午的太陽烘烤下化身為初冬的一道徐徐暖風，先摸摸秋蓮的臉龐，然後在小敏腳邊打轉。

而小敏好不容易看完病後，嘴裡含著醫生給的羊乳片，被秋蓮拉著的小手上貼著迪士尼貼紙，也是醫生給的。時間快到中午，她們準備去吃海鮮粥，回家前還得去市場買點青菜。

最近攤位上越來越常見到菠菜和茼蒿，橘子也是。冬天，真的來了。

新人間 四二〇

胼胝

作者—夏夏
副總編輯—羅珊珊
責任編輯—蔡佩錦
校對—蔡佩錦 蔡榮吉 夏夏
封面設計—朱疋
行銷企劃—林昱豪

總編輯—胡金倫
董事長—趙政岷
出版者—時報文化出版企業股份有限公司
一〇八〇一九臺北市萬華區和平西路三段二四〇號
發行專線—（〇二）二三〇六—六八四二
讀者服務專線—〇八〇〇—二三一—七〇五・（〇二）二三〇四—七一〇三
讀者服務傳真—（〇二）二三〇四—六八五八
郵撥—一九三四四七二四時報文化出版公司
信箱—10899臺北華江橋郵局第九九信箱

時報悅讀網—http://www.readingtimes.com.tw
思潮線臉書—https://www.facebook.com/trendage/
法律顧問—理律法律事務所 陳長文律師、李念祖律師
印刷—勁達印刷有限公司
初版一刷—二〇二四年七月五日
定價—新臺幣四二〇元
（缺頁或破損的書，請寄回更換）

時報文化出版公司成立於一九七五年，
一九九九年股票上櫃公開發行，二〇〇八年脫離中時集團非屬旺中，
以「尊重智慧與創意的文化事業」為信念。

胼胝／夏夏作. -- 初版. --
臺北市：時報文化出版企業股份有限公司, 2024.07
272面；14.8x21公分. --（新人間叢書；420）

ISBN 978-626-396-419-8（平裝）

863.57　　113008070

ISBN 978-626-396-419-8
Printed in Taiwan